Titelbild

THOMAS M. MEINE

NACHTWACHEN
amüsante Kurzgeschichten
Übersetzung des 1911 erschienen Buches 'Night Watches'

und

DIE AFFENPFOTE

Übersetzung der 1902 erschienenen Geschichte 'The Monkey's Paw'
aus dem Kurzgeschichtenbuch

'The Lady and the Barge and other Stories'

Von W.W. Jacobs

Illustrationen von Stanley Davis

Bibliografische Information der Deutschen Nationalbibliothek

Die Deutsche Nationalbibliothek verzeichnet diese Publikation in der

Deutschen Nationalbibliografie; detaillierte bibliografische Daten sind im
Internet über http://dnb.dnb.de abrufbar.

Herstellung und Verlag:

BoD- Books on Demand, Norderstedt

2. Auflage Juni 2019

ISBN 9 783752 816099

Inhalt Seite

VORWORT

Spaßig, total verrückt, grotesk – einfach furchtbar britisch!

W.W. Jacobs (1863-1943) ist ein britischer Autor, an den man sich hauptsächlich wegen seiner gruseligen Geschichte 'Die Affenpfote' (The Monkey's Paw) erinnert. Zusätzlich zur kompletten Übersetzung des Kurzgeschichtenbuchs 'Nachtwachen' (Night Watches), wurde diese noch am Schluss angefügt.

William Wymark Jacobs wurde am 8. September 1863 in London, Stadtteil Wapping, geboren. Seine Eltern sind früh gestorben. Sein Vater war Manager einer Werft in der Grafschaft Devon. Dort konnte W.W. Jacobs, zusammen mit seinen Geschwistern, sehr viel Zeit verbringen und das Kommen und Gehen der Schiffe und deren Besatzungen beobachten. Aus diesem Grund spielen auch viele seiner Geschichten in diesem Umfeld.

Bill, der Nachtwächter auf einer Werft an der englischen Ostküste, der auch gerne über das Leben philosophiert, erzählt von unglücklichen Situationen, in die er oder manche Zeitgenossen – meist selbst nicht ganz unschuldig an den Entwicklungen – geraten sind. Die Geschichten haben ihre sehr eigene Art von Humor.

Völlig aus dem Rahmen fällt die Horrorgeschichte 'Die drei Schwestern' (The Three Sisters). Sie war, aus welchem Grund auch immer, im Originalbuch enthalten. Ein Bezug zum Untertitel des Buches 'humorvolle Kurzgeschichten' hat sie nicht. Aufgrund der inhaltlichen Verschiedenheit, die auch nichts für schwache Nerven ist, im Gegensatz zu dem leichten Stoff der anderen Kapitel, wurde diese ans Ende gesetzt.

Danach kommt dann die noch gruseligere und schrecklichere Geschichte 'Die Affenpfote' (The Monkey's Paw), die, wie vorstehend erwähnt, zusätzlich aufgenommen wurde. Sie ist ein Klassiker der Horror-Literatur und eines der bekanntesten Werke von W.W.Jacobs.

Die Kapitelreihenfolge ist damit, etwas abweichend vom Originalwerk, neu sortiert, bzw. vervollständigt worden.

Die Übersetzung wurde in freierer Form vorgenommen; dazu wurden gelegentlich auch Veränderungen oder Ergänzungen gemacht, um Verständnis und Lesbarkeit zu erhöhen, ohne das Flair dieser alten Geschichten unangemessen zu beeinflussen. Sie eignen sich auch gut zum Vorlesen.

Auf den Seiten 54 und 99 wurden zusätzlich zwei Bilder eingefügt, mit Ansichten von East London um das Jahr 1900.

RÜCKEN AN RÜCKEN

Mrs. Scutts stand versteckt hinter einem Vorhang und starrte aus dem Fenster auf die Kutsche, etwas erstaunt, aber auch mit einem komischen Gefühl im Magen. Der Kutscher stieg von seinem Sitz herunter, öffnete die Tür und wartete dann mit ausgestreckten Händen, bereit um eingreifen zu können, sollte seine Hilfe benötigt werden.

Rücken an Rücken

Ein Fremder war der Erste, der ausstieg. Er stand mit dem Rücken zu Mrs. Scutts und schien mit etwas zu kämpfen, das sich in der Kutsche befand. Er legte eine schlaff herunterfallende Hand um seinen Hals und schwankte unter dem Gewicht, als er sich rückwärts bewegte. Er stützte Mr. Bill Scutts, dessen anderer Arm um den Hals eines dritten Mannes gelegt war.

Mit einem Satz war Mrs. Scutts draußen vor der Tür.

Sie sah ihren Mann, der nun seinen Kopf hob. Sein Mund öffnete sich, aber sogleich sank er wieder zurück, und er war wie ein totes Gewicht im Griff seiner Begleiter.

»Er ist in Ordnung«, sagte einer von ihnen, indem er sich Mrs. Scutts zuwandte.

Als Antwort hierauf kam ein tiefes Stöhnen von Mr. Scutts.

»Was hat er?«, fragte seine Frau mit aufgeregter Stimme.

»Nur ein kleiner Unfall bei der Eisenbahn«, sagte einer der Fremden. »Ein Zug krachte in einige leere Wagen. Niemand wurde verletzt – zumindest nicht schwer«, fügte er noch hinzu, als Reaktion auf ein weiteres tiefes Stöhnen von Mr. Scutts.

Seine Füße schleiften hilflos über den Boden, als man ihn über seine eigene Türschwelle hinweg hob und aufs Sofa legte.

»Alle anderen sind auf ihren eigenen Beinen nach Hause gelaufen«, sagte einer der Fremden vorwurfsvoll. »Er meinte, dass er nicht laufen könnte, und er wollte auch nicht ins Krankenhaus gebracht werden.«

»Ich wollte zuhause sterben«, erklärte der Leidende. »Ich lasse niemanden in einem Krankenhaus an mir herumdoktern.«

Die beiden Fremden standen daneben und beobachteten ihn, dann schauten sie sich an.

»Ich will – nicht – in ein Krankenhaus«, röchelte Mr. Scutts. »Ich werde meinen eigenen Arzt rufen.«

»Natürlich wird die Gesellschaft die Arztrechnung bezahlen«, sagte einer der Fremden zu Mr. Scutts, »oder sie werden ihren einen Doktor schicken. Ich denke aber, dass morgen alles wieder gut sein wird.«

»Das hoffe ich«, sagte Mr. Scutts, »aber ich glaube, das wird nicht der Fall sein. Danke, dass Sie mich nach Hause gebracht haben.«

Müde schloss er seine Augen und hielt sie geschlossen, bis die Männer weggegangen waren.

»Kannst du nicht laufen?«, fragte Mrs. Scutts, die jetzt Tränen in den Augen hatte.

Ihr Mann schüttelte den Kopf. »Du gehst jetzt und holst einen Arzt«, sagte er bedächtig zu ihr, »den neuen, der seine Praxis um die Ecke hat.«

»Aber Bill, der sieht doch noch wie ein Junge aus«, brachte Mrs. Scutt als Einwand vor.

»Du gehst und holst ihn«, sagte Mr. Scutts und erhob dabei seine Stimme. »Hörst du mich!«

»Aber warum —«, begann seine Frau, die etwas erwidern wollte.

»Wenn ich jetzt aufstehe und zu dir hochkomme«, sagte der etwas verwirrte Mr. Scutts, »dann wirst du wissen warum.«

»Warum, ich dachte —«, sagte seine Frau, ein wenig überrascht.

Mr. Scutts erhob sich von dem Sofa und zeigte ihr die Faust, dann sank er zurück und stöhnte wieder.

Daraufhin schien seine Frau wieder entspannter zu sein, nahm ihre Haube vom Nagel an der Wand und ging.

Die Untersuchung durch den Arzt war lange und schwierig gewesen. Mr. Scutts klagte über keine weiteren Beschwerden, ausgenommen, dass er sich ein wenig unterkühlt fühlen würde.

Der Doktor versuchte vergeblich, die vorgeschlagenen Tests durchzuführen. Er tat auch sein Bestes, ihn, mithilfe seiner medizinischen Assistenten, aufrecht hinzustellen.

Selbstschutz ist ein Gesetz der Natur. Als die Beine und der Rücken von Mr. Scutts nachgaben und er umkippte, stellte er sicher, dass der Doktor unter ihm lag.

»Wir müssen ihn ins Bett bringen«, sagte der Arzt, als er sich wieder langsam erhob und sich den Staub abwischte.

Mr. Scutts lag noch in voller Länge auf dem Fußboden, sehr duldsam, und schickte seine Frau weg, um ein paar Nachbarn zu holen.

Einer von ihnen war ein professioneller Möbelpacker. Als dieser halbwegs die Treppe hochgekommen war, erinnerte ihn der Unglückliche vorsorglich daran, dass er es mit einem britischen Arbeiter zu tun hat und nicht mit einem Klavier.

Vier Paar Hände legten Mr. Scutts mit mathematischer Präzision in die Mitte des Bettes, wickelten ihn ein und Mrs. Scutts zog die Decke genau parallel zu seinem Kinn hoch.

»Es sieht nicht so aus, als hätte er etwas Ernsthaftes«, sagte einer der ärztlichen Assistenten.

»Bei dem Gesicht, das er macht, kann man das eigentlich nicht vermuten«, sprach der Möbelpacker. »Es ist eines, das man als freudiges Gesicht bezeichnen würde. Er hat mich sogar angelächelt, als wir ihn die Stufen hier hochgetragen haben.«

»Du bist ein Lügner«, sagte Mr. Scutts und öffnete seine Augen.

»Schon gut, Kumpel«, sagte der Möbelpacker, »schon gut. Es gibt keinen Grund verärgert zu sein. Es ist wahrscheinlich nur die gute, alte englische Tapferkeit, wie ich es nennen würde. Wo tut es denn weh?«

»Überall«, sagte Mr. Scutts kurz.

Seine Nachbarn betrachteten ihn wohlwollend und dann, angeführt vom Möbelpacker, gingen sie auf Zehenspitzen aus dem Raum.

Der Arzt und seine Assistenten gingen ebenfalls fort, nachdem er einige abschließende Instruktionen gegeben hatte.

»Wenn es Ihnen morgen nicht besser geht«, sagte er noch, »müssen Sie den Arbeitsarzt kommen lassen.«

Mr. Scutts dankte ihm mit schwacher Stimme und legte sich zurück, und mit einem verschmitzten Lächeln auf seinem Gesicht, hörte er dem lebhaften Bericht seiner Frau zu, den sie einer kleinen Ansammlung von Leuten vor der Eingangstür gab.

Sie kam zurück, gefolgt von einem Nachbarn, der nebenan wohnte.

Mr. James Flynn bot spontan seine Hilfe an. Diese reichte vom Angebot, Mr. Scutts huckepack zu nehmen, wenn er einmal frische Luft schnappen wollte, bis hin zum Pfeife stopfen oder Bier holen.

»Aber ich wage vorauszusagen, dass du in ein, zwei Tagen wieder aufstehen und herumrennen kannst«, sagte er am Schluss. »Du würdest nicht so gut aussehen, wenn dich etwas Ernsthaftes plagen würde – rosarote, dicke Backen und…«

»Das reicht«, sagte der empörte Invalide. »Es ist mein Rücken, der mir wehtut, nicht mein Gesicht.«

»Ich weiß«, sagte Mr. Flynn und nickte weise. »Wenn es aber sehr weh tun würde, dann wäre dein Gesicht jetzt weiß wie das Bettlaken.«

»Der Arzt hat gesagt, dass er Ruhe haben muss«, bemerkte Mrs. Scutts mit scharfer Stimme.

»Gut so«, sagte Mr. Flynn. »Bis dann, alter Kumpel. Halt die Ohren steif! Und wenn du möchtest, dass man dir den Rücken mit Terpentinöl einreiben soll, oder etwas in dieser Art, dann brauchst du nur an die Wand zu klopfen.«

Er ging, noch bevor Mr. Scutts sich eine geeignete Antwort ausdenken konnte, die zu einem Invaliden passen würde, der gleichzeitig vor Kraft strotzt. Der dumme, gerade noch zurückgehaltene Wunsch, aus dem Bett zu springen, um Mr. Flynn hinauszubegleiten, gab ihm eine noch stärker gerötete Gesichtsfarbe.

Am nächsten Morgen ließ er nach dem Arbeitsarzt rufen.

Während er auf ihn wartete, aß er eine Menge Pfeilwurz und trank ein wenig von der Rindfleischbrühe. Eine Flasche mit Rizinusöl und eine leere Pillenbox gaben dem Ganzen den richtigen Rahmen. »

Irgendwelche Schmerzen?«, fragte der Doktor, nach einer kurzen Untersuchung, bei der seine knöchernen und sehr kalten Finger eine große Rolle gespielt hatten.

»Es sind nicht so sehr die Schmerzen«, sagte Mr. Scutts. »Es scheint so, dass ich keine Kraft im Rücken habe.«

»Aha!«, sagte der Doktor.

»Ich habe heute Morgen versucht zur Arbeit zu gehen«, bemerkte Mr. Scutts, »aber ich konnte nicht stehen und auch nicht aus dem Bett kommen.«

»Er war richtiggehend verärgert, der Ärmste«, bezeugte Mrs. Scutts. »Er kann es nicht ertragen, einen Tag zu verlieren. Ich denke, dass die Eisenbahngesellschaft etwas tun muss, wenn es etwas Ernsthaftes ist, müssen sie das nicht, Sir?«

»Das hat nichts mit mir zu tun«, sagte der Doktor. »Ich werde ihn für einige Tage krankschreiben; ich denke, er wird bald wieder in Ordnung sein. Er hat eine gesunde Gesichtsfarbe – eine sehr gesunde Gesichtsfarbe.«

Mr. Scutts wartete, bis er das Haus verlassen hatte. Was die ständigen Aussagen bezüglich seiner Gesichtsfarbe anbetraf, machte er ein paar deftige Bemerkungen, deren sprachliche Unreinheit, verbunden mit einer kräftigen Ausdrucksweise, wahrscheinlich nie wieder übertroffen werden wird.

Ein zweiter Besucher an diesem Tag kam nach dem Abendessen – ein großer Mann in einem Gehrock, mit einem Zylinder in der Hand, der sich, nach einer sorgfältigen Untersuchung des Zimmers, am Knauf des Bettpfostens festhielt.

»Mr. Scutts?«, fragte er mit einer Verbeugung.

»Das bin ich«, sagte Mr. Scutts mit schwacher Stimme.

»Ich komme zu Ihnen im Auftrag der Eisenbahngesellschaft«, sagte der Fremde. »Wir haben jetzt alle besucht, die ihre Namen und Adressen an Montagnachmittag zurückgelassen hatten, und es freut mich sagen zu können, dass niemand ernsthaft verletzt worden ist«.

»Niemand«, fügte er mit Nachdruck hinzu.

Mr. Scutts gab mit leiser Stimme zu verstehen, dass es ihn ebenfalls freuen würde, das zu hören.

»Es wäre auch ein Wunder, wenn es anders wäre«, sagte der andere erfreut, »denn noch nicht einmal die Farbe an der Lokomotive wurde in Mitleidenschaft gezogen. Die größten Schäden scheinen zu sein, dass zwei Hüte lädiert wurden und ein Regenschirm zerbrochen ist.«

Dann lehnte er sich über das Bettgeländer und lachte freundlich, aber Mr. Scutts starrte auf ihn, mit stillem Vorwurf, durch seine halb geschlossenen Augen.

»Ich will damit nicht sagen, dass ein oder zwei Leute nicht doch einen kleinen nervlichen Schock bekommen hätten«, sagte der Besucher nachdenklich. »Eine Lady ist am nächsten Tag sogar im Bett geblieben. Ich habe auch das wieder gutmachen können.«

»Die Gesellschaft ist sehr großzügig und, obwohl es natürlich keine gesetzlichen Verpflichtungen gibt, haben sie einigen von ihnen ein paar Pfund zukommen lassen, sodass sie irgendwo hingehen können, um ihre Nerven zu beruhigen.«

Mr. Scutts, der meist mit geschlossenen Augen zugehört hatte, öffnete sie nun matt und sagte, »Oh!«

»Ich habe einem Gentleman zwanzig Pfund gegeben«, sagte der Besucher, der nun mit einigen Münzen in seiner Tasche klimperte. »Ich habe niemals in meinem Leben einen Mann gesehen, der so zufrieden und dankbar war. Als er die Quittung unterschrieb – ich lasse sie immer eine Quittung unterschreiben, damit die Gesellschaft sieht, dass ich das Geld nicht für mich behalten habe – hat er fast vor Freude geweint.«

»Ich denke mir schon, dass er das getan hat«, sagte Mr. Scutts langsam – »wenn er nicht verletzt war.«

»Sie sind der Letzte auf meiner Liste«, sagte der Besucher hastig.

Er holte ein Stück Papier aus seiner Brieftasche heraus und legte es auf den kleinen Tisch, mit einem Füllfederhalter daneben.

Dann, mit einem Lächeln auf seinem Gesicht, das sowohl weich als auch verspielt war, steckte er seine Hand in die Tasche, holte eine Reihe von Goldstücken heraus und stapelte sie auf dem Tisch.

»Was sagen Sie zu dreißig Pfund?«, sagte er mit gedämpfter Stimme. »Dreißig goldene Kobolde?«

»Wofür?«, fragte Mr. Scutts mit offensichtlichem Desinteresse.

»Nun, um für ein paar Tage wegzugehen«, sagte der Besucher.

»Sehen Sie«, fuhr er fort. »Ich finde Sie hier im Bett vor; Sie könnten eine Grippe haben oder eine Gallenkolik; oder vielleicht sind ihre Nerven doch ein wenig durcheinandergebracht worden, als sich der Zug und die Wagen küssten.«

»Ich bin im Bett – weil ich nicht laufen oder stehen kann«, entgegnete Mr. Scutts, mit sehr deutlicher Stimme. »Ich bin arbeitsunfähig, aber wenn ich in ein oder zwei Tagen wieder in Ordnung bin, gibt es keinen Grund, warum die Gesellschaft mir Geld geben sollte. Ich bin arm, aber ich bin ehrlich.«

»Nehmen Sie meinen Rat als Freund an«, sagte der Besucher, »nehmen Sie das Geld, solange Sie es kriegen können.«

Er nickte bedeutsam, mit Blick auf Mr. Scutts, und schloss dabei zwinkernd ein Auge.

Mr. Scutts schloss sie beide und sagte: »Mein Rücken wurde bei der Kollision verletzt«, sagte er nach einer längeren Pause. »Man musste mir nach Hause helfen. Zurzeit wird es immer schlimmer, aber ich hoffe das Beste.«

»Wie traurig, mein Lieber!«, sagte der Besucher. »Ich denke aber, das hat sich schon längere Zeit angekündigt. Die meisten dieser Rückenprobleme kommen so. Das sagen jedenfalls alle Ärzte.«

»Sie kommen von der Kollision«, sagte Mr. Scutts, sanft aber bestimmt. »Davor hatte ich mich stets bestens gefühlt.«

Der Besucher schüttelte seinen Kopf und lächelte. »Ach!, Sie würden große Schwierigkeiten haben, das zu beweisen«, sagte er mit verhaltener Stimme.

»In der Tat, von Mann zu Mann gesprochen, kann ich Ihnen sogar sagen, dass Sie einen solchen Beweis völlig unmöglich erbringen könnten.«

»Ich befürchte, dass ich jetzt meine Befugnisse überschreite, aber da Sie der Letzte auf meiner Liste sind, folgende Frage: Angenommen – nur mal angenommen – wir würden vierzig Pfund sagen? Vierzig! Ein kleines Vermögen.«

Er legte noch einige Goldstücke zu den Stapeln auf dem Tisch und berührte mit dem Schreibgerät sanft den Arm von Mr. Scutts.

»Ich wünsche Ihnen einen Guten Nachmittag«, sagte der Invalide.

Der Besucher betrachtete dies sofort als einen Mangel an Intelligenz. Er setzte sich auf einen Stuhl an der Ecke des Betts und sprach zu ihm wie ein Freund und Bruder – aber vergeblich.

Schließlich erinnerte ihn Mr. Scutts, dass es Zeit für seine Medizin war, nach deren Einnahme er versuchen würde, etwas Schlaf zu bekommen – sollten es Schwäche und Schmerzen erlauben…

»Vierzig Pfund«, sagte er zu seiner Frau, nachdem der Beauftragte der Eisenbahn gegangen war. »Warum hat er mir nicht eine Tüte mit Bonbons angeboten.«

»Das ist doch eine ganze Menge Geld«, sagte Mrs. Scutts wehmütig.

»Tausend Pfund sind es auch«, sagte ihr Mann.

»Ich habe mir doch nicht meinen Rücken für nichts gebrochen, das kann ich dir sagen. Aber nun halt deinen Mund und wenn ich es bekommen habe, kriegst du ein neues Paar Stiefel.«

»Tausend?!«, rief die erschreckte Mrs. Scutts aus. »Bist du jetzt von allen guten Geistern verlassen oder was?«

»Ich habe von einem Fall in der Zeitung gelesen, wo ein Mann das bekommen hat«, sagte Mr. Scutts, »und er hatte sich auch den Rücken verletzt, der arme Kerl. Wie würdest du dich fühlen, wenn du dein ganzes Leben auf dem Rücken liegen müsstest, selbst für tausend Pfund?«

»Wirst du nun dein ganzes Leben lang im Bett liegen?«, fragte seine Frau und starrte ihn dabei an.

»Warte ab, bis ich das Geld bekommen habe«, sprach Mr. Scutts, »dann kann ich dir mehr dazu sagen.«

Einige Tage später schaute er wehmütig aus dem Fenster. Es war schon gegen Ende Oktober, aber die Sonne schien und die Luft war klar. Der Klang des Verkehrs und fröhliche Stimmen kamen herauf von der kleinen Straße. Für Mr. Scutts schienen dies aber bereits Dinge zu sein, die aus einer entfernten Vergangenheit kommen.

»Wenn der Bursche morgen vorbeikommt und mir fünfhundert offeriert, dann weiß ich nicht, ob ich die nicht nehmen würde«, dachte er. »Ich bin dieses vermoderte Bett leid.«

Auch am nächsten Tag war er voller Erwartung, aber es passierte nichts. Nun, nach einer Woche im Bett, begann er zu begreifen, dass dies eine länger andauernde Angelegenheit werden würde.

Die Eintönigkeit, besonders für einen Mann, der sonst recht aktiv war, wurde fast unerträglich. Mr. Flynn war sein einziger Besucher. Seine Erzählungen von dessen Abenteuern erfüllten ihn mit einer unkontrollierbaren Sehnsucht, aufzustehen und etwas zu tun.

Das gute Wetter war verschwunden. Mr. Scutts lag in seinem zerwühlten Bett und beobachtete die Regentropfen, die sanft an die Scheiben klopften. Dann, eines Morgens, erwachte er in der Dunkelheit des dichten Londoner Nebels.

»Es wird immer schlimmer«, sagte Mrs. Scutts, als sie zurück nach Hause kam, mit einem Gewürz für seinen Tee. »Kannst du nicht sehen, wie sich dein Gesicht verändert hat?«

Mr. Scutts schaute sehr nachdenklich aus. Er nahm still seinen Tee, und als er damit fertig war, zündete er sich seine Pfeife an, setzte sich im Bett auf, um zu rauchen.

»Ich würde gern wissen, was er denkt«, überlegte seine Frau.

»Ich gehe aus«, sagte Mr. Scutts mit einer Stimme, die keinen Widerspruch duldete.

»Ich werde einen Spaziergang machen, und wenn ich dann weit genug weg bin, werde ich mir ein oder zwei Drinks genehmigen. Ich glaube, dieser Nebel ist nur aus dem einen, bestimmten Grund gekommen – damit er mir mein Leben rettet.«

Mrs. Scutts protestierte – aber vergeblich.

Um halb sieben am Morgen lauschte der Invalide an der Haustür und verschwand dann im Nebel, mit einer tief über die Stirn gezogenen Mütze und einem Schal, der die untere Hälfte des Gesichts verdeckte.

Allein gelassen ging Mrs. Scutts zurück ins Schlafzimmer. Sie stocherte im Feuer herum, um es anzufachen, setzte sich hin und dachte über die Eigensinnigkeit der Männer nach.

Kurz darauf wurde sie, durch ein Klopfen an der Tür zur Straße, bei einem Nickerchen gestört.

Es war gerade acht Uhr. Insgeheim beglückwünschte sie ihren Mann zu seiner schnellen Rückkehr und zu seinem gesunden Menschenverstand. Sie ging nach unten, um ihm die Tür zu öffnen, aber stattdessen traten zwei große Männer in Zylindern herein.

»Mrs. Scutts?«, sagte einer von ihnen.

Fast wie betäubt nickte sie.

»Wir sind gekommen, um ihren Mann zu sehen«, sagte der Eindringling. »Ich bin Arzt.«

Die von großer Panik erfasste Mrs. Scutts versuchte, krampfhaft nachzudenken.

»Er schläft«, sagte sie schließlich.

»Das macht nichts«, sagte der Arzt.

»Überhaupt nichts«, sagte sein Begleiter.

»Sie – Sie können ihn jetzt nicht sehen«, protestierte Mrs. Scutts. »Man kann ihn jetzt nicht sehen.«

»Er wird enttäuscht sein, mich verpasst zu haben«, sagte der Arzt und betrachtete sie gespannt, als sie sich schützend vor die Wohnungstür stellte.

»Ich nehme doch an, dass er zu Hause ist?«

»Natürlich«, sagte Mrs. Scutts, stotternd und errötend. »Der arme Mann kann sich ja nicht aus seinem Bett rühren.«

»Nun, dann werfe ich nur einen kurzen Blick von der Tür aus hinein«, sagte der Arzt. »Ich werde ihn nicht aufwecken. Das können Sie nicht verweigern. Denn wenn Sie es machen…«

Mrs. Scutts kam ins Schwimmen. »Warten Sie, ich gehe hoch und sehe nach, ob er wach ist.«

Sie schloss die Wohnungstür und stand da, mit ihrer Hand am Hals und dachte nach.

»Hallo!«, sagte plötzlich die Stimme von dem Gentleman, der in der Spülküche stand und den Schlamm von seinen Stiefeln entfernte. »Was gibt's?«

Mit einem hektischen Geschnatter erklärte ihm Mrs. Scutts die Situation, so gut es ging, und sagte dann:

»Sie müssen 'Er' sein«, sagte sie und ergriff seinen Mantel, um ihn in hereinzuziehen.

Sie dachte sich, da die Besucher ihren Mann nie gesehen hatten, dass sie den Unterschied nicht bemerken würden.

»Aber …«, rief der erstaunte James Flynn aus.

»Schnell!«, sagte sie scharf. »Gehen Sie ins Hinterzimmer und ziehen Sie sich aus. Dann sausen Sie in sein Zimmer und gehen ins Bett. Und denken Sie dran, Sie müssen die ganze Zeit über fest schlafen.«

Sie hielt den völlig verwirrten Mr. Flynn immer noch am Mantel fest und dirigierte ihn winkend nach oben.

Dann wartete Sie unten, bis ein leichtes Quietschen des Bettes ihr signalisierte, dass er den Anweisungen gefolgt war, und ging wieder zur Wohnungstür.

»Er schläft fest«, sagte sie mit sanfter Stimme, »und denken Sie daran, ich will nicht, dass er gestört wird. Er schläft jetzt das erste Mal richtig fest, seit fast einer Woche. Wenn Sie mir versprechen, ihn nicht zu wecken, dann können Sie einen Blick hineinwerfen.«

»Wir werden ihn nicht stören«, sagte der Arzt.

Gefolgt von seinem Begleiter, ging er geräuschlos die Treppe hoch und warf einen Blick ins Zimmer. Mr. Flynn schlief tief und kein Muskel zuckte, als die beiden Männer auf Zehenspitzen ans Bett herankamen und dort standen, um ihn zu betrachten.

Der Arzt drehte sich nach einer Minute herum und ging voran, als sie das Zimmer verließen.

»Wir werden wiederkommen«, sagte er ruhig.

»Ja, Sir«, sagte Mrs. Scutts. »Und wann?«

Der Arzt und sein Begleiter blickten sich an. »Ich bin im Moment sehr beschäftigt«, sagte er langsam. »Wir schauen irgendwann wieder einmal herein und hoffen, dass wir ihn dann wach antreffen.«

Mrs. Scutts begleitete die Herren nach draußen, und mit einiger Verwunderung ging sie zurück zu Mr. Flynn. »Der Eindruck, den die Besucher gemacht haben, hat mir nicht gefallen«, sagte sie und schüttelte ihren Kopf. »Sie bleiben besser im Bett, bis Bill wieder nach Hause kommt, im Falle, dass sie zurückkommen.«

»In Ordnung«, sagte der gehorsame Mr. Flynn. »Gehen Sie aber bitte kurz zu meiner Vermieterin und sagen ihr, dass ich eine längere Unterhaltung mit Bill habe.«

Er zündete sich eine Pfeife an und setzte sich im Bett auf, um sie zu rauchen. Um halb zwölf gab es ein Klopfen an der Eingangstür. Er hörte es aber nicht, da er inzwischen wieder in den Schlaf gefallen war.

Mrs. Scutts, die unten saß, öffnete und ließ ihren Mann herein.

»Alles klar?«, fragte er. »Warum schaust du so? Was gibt es?«

Er stand da und zitterte vor Beunruhigung und Ärger, als sie ihm alles erzählte. Dann rannte er mit schweren Schritten die Treppe hoch.

Im Schlafzimmer angekommen, starrte er in hilfloser Wut auf die schlummernde Gestalt von James Flynn.

»Geh raus aus meinem Bett!«, sagte er schließlich mit erstickter Stimme.

»Was ist los, Bill!«, sagte Mr. Flynn, als er seine Augen öffnete.

»Geh raus aus meinem Bett«, wiederholte der andere. »Du hast ein ziemliches Durcheinander angerichtet. Das ist doch eine üble Sache, wenn ein Mann nicht mehr nach draußen gehen kann, um ein Bier zu trinken, ohne das Lumpengesindel aus der Nachbarschaft in seinem Bett zu finden, wenn er nach Hause kommt.«

»Wo ist denn dein armer Rücken geblieben, Bill?«, fragte Mr. Flynn freundlich.

Mr. Scutts grummelte ihm etwas entgegen. »Draußen«, sagte er dann, sobald er wieder Luft holen konnte.

»Bill«, sagte die Stimme von Mrs. Scutts, die vor der Tür stand.

»Ja was?«, grummelte ihr Mann.

»Bill, er kann nicht gehen«, sagte Mrs. Scutts, »diese Gentlemen werden wiederkommen und sie denken jetzt, 'Er' ist 'Du'.«

»WAS!«, dröhnte die Stimme des noch wütender gewordenen Mr. Scutts.

»Ja, siehst du denn nicht? Ich bin jetzt derjenige, der die Kontrolle hat, Bill«, sagte Mr. Flynn. »Du kannst dich nicht für mich ausgeben, Bill, du siehst nicht gut genug aus.«

Mr. Scutts, völlig sprachlos, hob die geballte Faust hoch.

»Er muss in deinem Bett bleiben«, sagte Mrs. Scutts. »Er hat ein gutes Herz und er weiß, wie er sich verhalten soll, nicht wahr, Bill?«

Mr. Flynn dachte nach. »Sagt meiner Vermieterin, dass ich mein Zimmer kündige und das Hinterzimmer bei euch genommen habe. Was für ein glücklicher Umstand, dass ich zurzeit ohne Arbeit bin.«

Dann schaute er zu Bill und sagte: »Warum läufst du so auf und ab, Bill? Tut dir dein Rücken wieder weh?«

»Es ist jetzt so«, fuhr Mrs. Scutts fort, in einer sehr nachdenklichen Weise, »dass der Arbeitsarzt und sein Begleiter jetzt Mr. Flynn als Bill kennen, im Gegensatz zu den anderen. Sie könnten jeden Moment erscheinen.«

»Es muss also zwei Bills geben. Die in dem einen Bett sind, und zwar so, dass immer ein Bill in das Hinterzimmer rennen kann, wenn eine der beteiligten Parteien erscheint. Wann dann die andere Bill-Partei kommt, muss der andere Bill – na, ihr wisst schon, was ich meine.«

Daraufhin fluchte Mr. Scutts herum bis zur Ohnmacht.

»So ist es eben, Kamerad«, sagte Mr. Flynn. »Es macht keinen Sinn, dass du hier rumstehst und mit dir selbst redest.«

»Zieh deine Kleider aus und geh ins Bett, wie ein guter, kleiner Mann. Jetzt! Jetzt! Du Ungezogener, du Ungezogener!«

»Vielleicht hätte ich sie nicht nach oben gehen lassen dürfen, Bill«, sagte seine Frau, »aber ich hatte Angst, dass sie den Braten riechen, wenn ich es nicht gemacht hätte, und außerdem wurde ich völlig überrascht.«

»Du gehst jetzt ins Bett«, sagte Mr. Scutts. »Geh ins Bett, solange du dich noch sicher fühlst…«

»Und schlafen Sie gut und erholen Sie sich, Mrs. Scutts«, fügte der rücksichtsvolle Mr. Flynn an. »Wenn Bill der Rücken zu sehr wehtun sollte, in der Nacht, werde ich nach ihm sehen.«

Mr. Scutts sah ihn mit einem drohenden Gesicht an.

»Gib mir zwei Zigaretten und ich gehe nach Hause und bleibe dort«, sagte Mr. Flynn.

Er nahm ein muskulöses Bein aus dem Bett und dann, aufgrund einer ernsthaften Bitte von Mr. Scutts, zog er es wieder herein. Mit ein paar einfachen, männlichen Worten, entschuldigte sich Letzterer und schob die ganze Schuld Mrs. Scutts zu.

Dann zog er sich aus und kam auch ins Bett.

In Decken eingewickelt, verbrachten sie den folgenden Tag, lauschten, ob es an der Tür klopfen würde, und spielten Karten.

Am Abend waren beide Männer müde und Mr. Scutts machte einige Bemerkungen, wie man die Ärzte täuschen kann und über betrügerische Besucher, wobei Mr. Flynn aufmerksam zuhörte.

»Sie könnten sich aber auch für eine ganze Woche nicht wieder hier sehen lassen«, sagte Mr. Flynn mit besorgter Stimme. »Aber was ist eigentlich für mich drin? Halbe-halbe?«

Das Blut schoss in den Kopf von Mr. Scutts.

»Überlass das mir, Kumpel«, sagte er und strengte sich an, sich zu beherrschen. »Wenn ich zehn Pfund bekomme, kriegst du die Hälfte.«

»Und mal angenommen, du bekommst mehr?«

»Wir werden sehen«, sagte Mr. Scutts ausweichend.

Am nächsten Tag kam Mr. Flynn auf die Sache zurück, bekam aber wieder keine befriedigende Antwort. Mr. Scutts zog es dagegen vor, über das freie Essen und die kostenlose Wohnmöglichkeit zu sprechen, von denen sein Freund profitierte. Wenn es um das Thema angemessene Bezahlung gegen eine bestimmte Arbeit ging, war er sehr wortgewandt.

»Ich werde dann bis zum richtigen Zeitpunkt warten«, sagte Mr. Flynn. »Behandle mich aber fair und ich behandle dich auch fair.«

Ihr Eingesperrtsein wurde am vierten Tag beendet. Es klopfte an der Tür und dem der Klang von Männerstimmen folgte das hastige Erscheinen von Mrs. Scutts im Schlafzimmer.

»Es sind die Leute, die zu James Flynn gehören«, sagte sie in einem schnellen Flüstern. »Ich bin nur schnell hochgekommen, um das Zimmer fertigzumachen.«

Sofort nahm Mr. Scutts seinen Freund bei der Hand. Nachdem er ihm wärmstens ans Herz gelegt hatte, die Experteninstruktionen nicht zu vergessen, die er ihm bezüglich seines Rückens gegeben hatte, verschwand er im Hinterzimmer und, in den Händen der Vorsehung, wartete er auf das Ergebnis.

»Nun, er sieht besser aus«, sagte der Arzt, als er Mr. Flynn, den angeblichen Mr. Scutts, betrachtete.

»Viel besser«, sagte sein Begleiter.

Mrs. Scutts schüttelte ihren Kopf: »Nein, sein armer Rücken scheint nicht besser zu sein, Sir«, sagte sie leise. »Können Sie nicht etwas für ihn tun?«

»Lassen Sie mich sehen«, sagte der Arzt. »Ziehen Sie ihr Hemd aus.«

Mr. Flynn fummelte umständlich am Knopf an seinem Hals herum und schaute dabei scharf und eindeutig zu Mrs. Scutts hin.

»Sie kann es nicht ertragen, mich leiden zu sehen«, sagte er mit schwacher Stimme, woraufhin sie sofort den Raum verließ.

Er erduldete die Untersuchung mit der Kraft eines frühen christlichen Märtyrers.

Als Antwort auf die Fragen sagte er, dass er sich so fühlen würde, als wäre die Spannkraft seines Rückens abhandengekommen.

»Wie lange ist es her, dass Sie zum letzten Mal gelaufen sind?«, fragte der Arzt.

»Nicht mehr seit dem Unfall«, sagte Mr. Flynn mit fester Stimme.

»Versuchen Sie es jetzt einmal«, sagte der Arzt.

Mr. Flynn sah ihn vorwurfsvoll an.

»Sie können nicht laufen, weil Sie denken, dass Sie es nicht können«, sagte der Arzt, »das ist alles.« »Sie müssen genauso mutig sein, wie es ein Kind ist. Ich würde Sie gerne heilen und ich denke, ich kann das.«

Er nahm einen kleinen Leinenbeutel von dem anderen Mann und öffnete ihn. »Vierzig Pfund«, sagte er. »Wollen Sie nachzählen?«

Die Augen von Mr. Flynn strahlten. »Es gehört alles Ihnen«, sagte der Arzt, »wenn Sie durch den Raum laufen und ihn aus der Hand meines Begleiters nehmen.«

»Ehrenwort?«, fragte Mr. Flynn mit zitternder Stimme, als der andere Mann den Beutel hochhielt und ihm ein ermutigendes Lächeln zuwarf.

»Ehrenwort«, sagte der Arzt.

Mit einem Satz, unter dem das Bett fast zusammenkrachte, sprang Mr. Flynn heraus und ergriff den Beutel. Im gleichen Moment kam Mrs. Scutts in den Raum hineingerannt, offensichtlich wie von einem verrückten Arm gelenkt.

»Dein Rücken«, stöhnte sie. »Es wird dich umbringen. Geh zurück ins Bett.«

»Nein, ich bin bestens geheilt«, sagte Mr. Flynn.

»Sein Rücken ist wieder so stark wie immer«, sagte der Arzt und gab ihm einen festen Druck mit dem Daumen.

Mr. Flynn, der seine Kleider vom Stuhl genommen und sich hastig angezogen hatte, stimmt dem zu.

»Aber wenn Sie einen Moment warten«, fügte er schnell noch an, »dann würde ich gerne meine Sachen mitnehmen und mit Ihnen noch bis zur nächsten Ecke laufen, nur um sicherzugehen, dass alles in Ordnung ist.«

Der Arzt und sein Begleiter warteten eine Weile und gingen dann voran und aus der Tür heraus.

Unten an der Treppe hielt Mr. Flynn kurz inne und schaute hoch, zum bleichen und vor Wut mörderisch verzerrten Gesicht von Mr. Scutts, der aus dem Hinterzimmer herauskam, sich aber nicht einmischen konnte.

Mr. Flynn lachte ihn leidenschaftlich an und dann, mit gönnerhafter Geste, warf er ihm noch fünf Goldstücke zu, bevor er für immer verschwand.

AUF WACHPOSTEN

'Die menschliche Natur!', sagte der Mann von der Nachtwache, als er gebannt auf ein hübsches Mädchen starrte, das in einem Waterman-Ruderboot vorbei glitt. 'Die menschliche Natur!'

Er seufzte, nahm ein Streichholz und steckte seine Pfeife damit an. Nachdenklich nahm er ein paar Züge, bevor er fortfuhr:

Der junge Bursche bei ihr tut so, als wäre sein Arm zufällig um ihren Rücken gelegt, und sie benimmt sich so, als würde sie nicht merken, dass er dort ist. Wenn es ihm gestattet wäre, ihn um ihre Taille zu legen, wenn immer er es will, würde er es nicht tun. Sie ist klug genug, das zu wissen, und das ist auch der Grund, warum alle so reserviert sind, bis die Sache erledigt ist.

Sie wird sich gleich einen Zentimeter nach vorne bewegen und dann, nach einer Minute, lehnt sie sich wieder zurück, ohne nachzudenken.

Sie ist ein gut aussehendes Mädchen und ich verstehe nicht, was sie an ihm, dieser dünnen Schneiderpuppe, findet.

Er lehnte sich in seinem Wachhäuschen zurück, faltete seine Arme und stieß eine Rauchwolke aus.

Die menschliche Natur ist komisch. Das habe ich in meiner Zeit oft erfahren.

Selbst wenn ich mein Leben noch einmal leben könnte, denke ich, dass ich genauso töricht wäre, wie die beiden in dem Ruderboot. Es gab Zeiten, da habe ich das Geld für ein Mädchen rausgeschmissen, genau so, wie ich es für mich tat.

Ich wünschte mir, ich hätte das ganze Geld wieder, das ich für Pfefferminzbonbons ausgegeben habe.

Das Mädchen, da im Boot, erinnert mich an eines, das ich vor Jahren gekannt habe. Genau das gleiche, unschuldige Babygesicht – ein Anblick, der Butter im Mund schmelzen lässt – und eine raffinierte Art, die mich traurig stimmt, was ihre Gattung angeht.

Sie kam einmal in der Woche an diesen Anlegeplatz, in einem Segelschoner mit dem Namen 'Belle'. Kapitän Butt, ein verwitweter Mann, brachte sie stets mit sich, einerseits um ihre Gesellschaft zu haben, andererseits konnte er dabei stets ein Auge auf sie werfen.

Kapitän Butt konnte auch sehr böse werden, besonders wenn er in schlechter Stimmung war.

Ich habe das Mädchen gelegentlich angesehen, um ihr ein freundliches Lächeln zu schenken, als sie auf dem Deck saß, und manchmal, wenn ihr Vater nicht beobachtete, lächelte sie zurück.

Einmal, als er unter Deck war, lachte sie mich sogar recht heftig an. Sie hatte Angst vor ihm und ich konnte sehen, dass sie sich nicht traute, das Schiff zu verlassen, um auf dem Landungssteg herumzulaufen, ohne ihn zu fragen.

Wenn sie einmal an Land gegangen ist, war er immer bei ihr. Ein paar Brocken hässlicher Ausdrücke, die ich vorgab zu überhören, als der Skipper dachte, dass ich zu weit weg sei, sagten mir, dass bald etwas passieren würde.

Alles klärte sich eines Abends auf und auch nur deswegen, weil der Skipper meine Hilfe benötigte. Ich stand da, auf meinem Besen gelehnt, um wieder etwas Luft zu bekommen, nachdem ich zuvor ziemlich intensiv gekehrt hatte.

Als er zu mir kam, konnte ich sofort erkennen, an der Art wie er sprach, dass ich etwas für ihn tun sollte.

»Komm und trink ein Bier mit mir, Bill«, sagte er.

Ich stellte meinen Besen an die Wand und wir gingen um die Ecke zur Bull's Head Kneipe, wie ein Brüderpaar. Wir tranken beide zwei Bier und dann legte er seine Hand auf meine Schulter und sprach zu mir von Mann zu Mann.

»Ich habe einige Schwierigkeiten mit meinem Mädchen«, sagte er, und reichte mir seine Tabakdose. »Vor sechs Monaten ist ein Brief aus ihrer Tasche gefallen und ich bin mir sicher, dass er von einem jungen Mann ist, einem sehr jungen Mann.«

»Sie überraschen mich«, sagte ich, und meinte das sarkastisch.

»Ich habe sie überrascht«, sagte er und hatte dabei einen wütenden Blick.

»Ich bin an ihre Schatulle gegangen und habe dort einen ganzen Stapel davon gefunden, alle mit einem rosafarbenen Band zusammengebunden, und eine Fotografie von seiner 'Lordschaft'.«

»Von allen schmalbrüstigen, schwachäugigen, halbgaren, spindeldürren Hundesöhnen, die man je gesehen hat, ist er der schlimmste. Wenn ich den in die Finger kriege, dann erwürge ich ihn mit seinen eigenen Beinen.«

Er spülte seinen Mund mit einem Schluck Bier, stand da und starrte missmutig auf den Boden.

»Nachdem ich ihn erwürgt habe, drehe ich ihm noch den Hals rum«, sagte er. »Ich würde gerne gleich vorbeigehen und es machen, aber meine einzige Tochter sagt mir nicht, wo er wohnt.«

»Sie sollte es besser wissen«, sagte ich.

Er ergriff meine Hand und schüttelte sie. »Du hast mehr Verstand, als einer glauben würde, wenn er dich sieht, Bill«, sagte er, ohne groß darüber nachzudenken, was er da eigentlich von sich gegeben hatte.

»Du siehst also, in welchem Schlamassel ich bin.«

»Ja«, sagte ich.

»Ich bin nur eine Kinderschwester, das ist es, was ich bin«, drückte er es drastisch aus. »Nur ein Kindermädchen. Ich kann keinen Schritt aus dem Haus machen, ohne sie dabeihaben zu müssen. Wie würde dir das gefallen, Bill?«

»Das muss sehr unangenehm für Sie sein«, sagte ich. »In der Tat, sehr unangenehm.«

»Unangenehm!«, sagte er, »das ist nicht die richtige Bezeichnung, Bill. Ich könnte genauso gut ein Sonntagschullehrer sein, der mit diesem Zustand zufrieden ist.«

»Ich hatte noch nie so ein langweiliges Leben geführt, niemals«, sagte er.

»Das Schlimmste daran ist, dass es mir die Laune verdirbt, und all das nur wegen diesem schmalbrüstigen, engäugigen, rotbrüstigen – du weißt, was ich meine.«

Er nahm noch einen Schluck Bier und ergriff mich dann am Arm. »Bill«, sagte er mit ernster Stimme, »ich möchte, dass du mir einen Gefallen tust.«

»Schießen Sie los«, sagte ich.

»Ich muss um halb sieben einen Kumpel bei Charing Cross treffen«, sagte er, »und wir werden bis tief in die Nacht zusammen sein. Ich habe Winnie unter der Verantwortung des Kochs gelassen und ihm gesagt, dass ich ihn lebend häuten werde, sollte sie nicht da sein, wenn ich zurückkomme.«

»Ich möchte aber, dass auch du auf sie aufpasst. Halte das Tor verschlossen und lass niemanden rein, den du nicht kennst. Ganz besonders nicht diese affengesichtige Imitation von einem Mann. Hier ist er, so sieht er aus.«

Er zog eine Fotografie aus seiner Manteltasche und gab sie mir.

»Das ist er«, sagte er. »Stell dir das mal vor, dass ein Mädchen Liebesbriefe bekommt, von so einer Kreatur!«

»Sie ist erst zwanzig geworden, an ihrem letzten Geburtstag. Achte gut auf sie, Bill, und lass sie nicht aus den Augen. Du bist zweimal so viel wert wie der Koch.«

Er trank sein Bier aus und, nachdem er meinen Arm getätschelt hatte, ging er zurück zum Anlegeplatz.

Miss Butt saß auf der Dachluke und las ein Buch. Old Joe, der Koch, stand in ihrer Nähe und tat so, als würde er das Deck mit einem Mopp schrubben.

»Ich muss für eine kleine Weile weggehen – geschäftlich«, sagte der Skipper. »Ich denke nicht, dass es lange dauern wird. Während ich weg bin, werden Bill und der Koch nach dir sehen.«

Miss Butt zog ihre Schultern hoch.

»Das Tor bleibt verschlossen und du wirst den Anlegeplatz nicht verlassen. Hast du mich gehört?«

Das Mädchen verdrehte wieder ihre Schultern und las weiter, aber sie gab dem Koch einen Blick mit ihren unschuldigen Babyaugen, dass ihm fast der Mopp aus der Hand gefallen wäre.

»Das sind meine Anweisungen«, sagte der Skipper. Seine Brust schwoll an und er schaute auf alle in der Runde. »Du weißt, was dir passiert, Joe, wenn die Dinge nicht in Ordnung sind, wenn ich zurückkomme.«

»Komm mit, Bill, und schließe das Tor hinter mir ab«, sagte er dann zu mir. »Und denke daran, dir selbst zuliebe, dass dem Mädchen nichts passiert, während ich weg bin.«

»Um welche Zeit werden Sie zurück sein?«, sagte ich, als er durch das kleine Türchen ging.

»Nicht vor zwölf und vielleicht sogar ein wenig später«, sagte er und strahlte dabei über das ganze Gesicht. »Der schmalbrüstige junge Bursche weiß nicht, dass ich weg bin und Winnie denkt, dass es nur für eine halbe Stunde ist, so wird alles in Ordnung bleiben. Bis bald!«

Ich schaute ihm nach, als er die Straße entlang ging, und ich muss sagen, dass ich mir jetzt wünschte, ich hätte den Job nicht angenommen. Nach alledem hatte ich nur zwei Bier bekommen und ein paar Schmeicheleien und ich wusste, was passieren würde, wenn die Sache schieflaufen würde. Er hatte die Statur eines Bullen und war stolz auf seine Stärke.

Ich schloss das Türchen ab, steckte den Schlüssel in meine Tasche und begann auf dem Landungssteg auf und abzulaufen.

Die nächsten zehn Minuten hatte das Mädchen weiterhin in ihrem Buch gelesen und dabei nicht ein einziges Mal aufgesehen.

Als ich dann vorbeiging, gab sie mir ein hübsches Lächeln und wedelte mit ihrer kleinen Faust in Richtung des Kochs, der mit den Rücken zu ihr stand.

Irgendwann legte sie ihr Buch zur Seite, stieg an den Rand des Schiffs und streckte mir ihre Hand entgegen, um ihr zu helfen, an Land zu gehen.

»Ich habe dieses Schiff so satt«, sagte sie mit sanfter Stimme; »es ist wie ein Gefängnis. Werden Sie nicht selbst manchmal müde von dieser Werft?«

»Manchmal ja«, sagte ich, »aber es ist das Amt, das ich habe.«

»Ja«, sagte sie. »Ja, natürlich. Aber Sie sind ein großer, starker Mann und Sie könnten die Dinge besser machen.« Sie stieß einen kurzen Seufzer aus und lief eine Weile auf und ab, ohne etwas zu sagen.

»Es ist alles wegen der Torheit meines Vaters«, sagte sie schließlich, »was es so ermüdend macht. Ich kann doch nichts dafür, dass mir einige dumme, junge Männer schreiben, oder doch?«

»Nein, ich denke nicht«, sagte ich.

»Ich danke Ihnen«, sagte sie und legte ihre kleine Hand auf meinen Arm. »Ich wusste, dass Sie vernünftig sind. Ich habe Sie oft beobachtet, wenn ich alleine auf dem Schoner saß und mich danach gesehnt habe, mit jemandem zu sprechen. Ich kann auch einen Charakter gut beurteilen. Ich kann Sie wie ein Buch lesen.«

Sie drehte sich herum und schaute zu mir hoch. Sie hatte wunderschöne blaue Augen, mit langen, gekräuselten Wimpern und Zähne wie Perlen.

»Mein Vater ist so albern«, sagte sie. Dabei schüttelte sie ihren Kopf und schaute nach unten. »Das Ganze ist so unsinnig, denn eigentlich mag ich keine jungen Männer. Oh, ich bitte um Entschuldigung, das habe ich nicht so gemeint«, fügte sie schnell hinzu. »Ich wollte nicht unhöflich sein.«

»Unhöflich?«, sagte ich, und starrte sie an.

»Natürlich war das unhöflich von mir, das zu sagen«, bemerkte sie, mit einem Lächeln, »denn Sie sind ja selbst noch ein junger Mann.«

Ich schüttelte den Kopf. »Vielleicht noch nicht richtig alt«, sagte ich.

»Jung!«, sagte sie, und stampfte mit ihrem kleinen Fuß auf.

Sie schaute mich wieder an und diesmal erschienen ihre Augen groß und ernst. Sie lief herum, wie in einem Traum, und zweimal stolperte sie über die Bohlen und wäre dabei hingefallen, wenn ich sie nicht an der Taille festgehalten hätte.

»Danke«, sagte sie. »Ich bin sehr tollpatschig. Was für einen starken Arm Sie haben!«

Wir liefen wieder auf und ab, und jedes Mal, wenn wir uns dem Rand des Steges näherten, hielt sie meinen Arm fest, aus Angst, wieder zu stolpern. Und die ganze Zeit über stand der dumme Koch auf Zehenspitzen auf dem Schoner und wendete seinen dummen, alten Hals, bis ich dachte, er würde ihn abdrehen.

Schließlich sagte sie, mit leiser Stimme: »Was für ein schöner Abend dies doch ist! Ich hoffe, dass mein Vater nicht zu früh zurückkommt. Wissen Sie, um welche Uhrzeit er heimkommt?«

»Ungefähr um zwölf«, sagte ich, »aber lassen Sie ihn nicht wissen, dass ich Ihnen das gesagt habe.«

»Natürlich nicht«, sagte sie und drückte meinen Arm. »Armer Vater, ich hoffe, er genießt die Zeit, genauso wie ich es jetzt tue.«

Danach liefen wir wieder auf dem Steg umher und setzten uns auf die Seite, um über den Fluss zu schauen.

Dort begann sie zu erzählen, über das Leben, was für eine seltsame Sache es doch ist, und wie der Fluss Tausende und Tausende Mal ins Meer fließt, und das noch für viele Jahre, nachdem wir beide tot und vergessen sind.

Wenn sie sich dabei mit ihrem Kopf nicht ein wenig an meine Schulter gelehnt hätte, hätte ich eine Gänsehaut bekommen.

»Lassen Sie uns runter gehen, in die Kabine«, sagte sie dann mit einer etwas zittrigen Stimme. »Es macht mich melancholisch, hier zu sitzen und über verpasste Gelegenheiten nachzudenken.«

Ich stand zuerst auf und half ihr hoch. Nachdem wir den Koch scharf angesehen hatten, der nicht wusste, wie ihm geschah, gingen wir runter in die Kabine.

Es war ein komfortabler, kleiner Ort. Nachdem sie mir ein Glas Whisky von ihrem Vater eingeschenkt und meine Pfeife gestopft hatte, hätte ich meinen Platz mit keinem König getauscht. Selbst als meine Pfeife nicht gezogen hat, machte mir das nichts aus.

»Kann ich einen Brief schreiben?«, sagte sie dann.

»Natürlich«, sagte ich.

Sie nahm eine Schreibfeder heraus, Tinte und Papier, und schrieb.

»Es wird nicht lange dauern«, sagte sie, als sie aufschaute und an dem Schreibgerät knabberte. »Es ist ein Brief an meine Schneiderin. Sie hatte mir versprochen, dass sie mir mein Kleid um sechs Uhr heute Nachmittag bringen würde, und ich schreibe ihr jetzt nur, dass sie es behalten kann, sollte es bis morgen früh um zehn nicht fertig sein.«

»Richtig so«, sagte ich. »Das ist der einzige Weg, um die Dinge erledigt zu bekommen.«

»Das ist meine Art damit umzugehen«, sagte sie. Dann steckte sie den Brief in einen Umschlag, leckte daran und verschloss ihn.

»Sie hat doch einen schönen Namen, ist es nicht so?«

Sie gab den Umschlag zu mir rüber und ich las den Namen und die Adresse: Miss Minnie Miller, John Street 17, Mile End Road.

»Das wird sie aufwecken«, sagte sie mit einem Lächeln. »Können Sie Joe bitten, ihn für mich zu überbringen?«

»Er – er soll doch aufpassen«, sagte ich, wobei ich sie anlächelte und meinen Kopf schüttelte.

»Ich weiß«, sagte sie leise. »Aber ich will keinen Bewacher – nur Sie. Ich will keinen Bewacher, der durch die Dachluke späht.«

Ich schaute nach oben, rechtzeitig genug, um noch den Kopf von Joe verschwinden zu sehen. Dann stand ich auf und, nachdem ich ihm deutlich gesagt hatte, was ich über ihn denke, gab ich ihm den Brief und sagte ihm, dass er losziehen sollte.«

»Der Skipper hat mir aber gesagt, dass ich hierbleiben soll«, sagte er und schaute mich dabei stur an.

»Du machst, was ich dir auftrage«, sagte ich. »Ich gebe hier die Anweisungen und übernehme die volle Verantwortung. Ich werde das Tor hinter dir schließen. Über was machst du dir Gedanken?«

»Und hier ist ein Shilling für dich, Joe, für eine Busfahrt«, sagte das Mädchen. »Du kannst den Rest behalten.«

Joe nahm seine Mütze ab und kratzte sich seinen dummen, kahlen Kopf.

»Mach schon«, sagte ich. »Es ist ein Brief an die Schneiderin. Der Brief muss heute Nacht noch zugestellt werden.«

»Sonst macht er keinen Sinn«, sagte das Mädchen. »Du weißt nicht, wie wichtig er ist.«

»Na gut«, sagte Joe. »Ich mache es, wie du willst, Bill. Solange du es nicht dem Skipper sagst, macht es mir nichts aus. Wenn etwas passieren sollte, dann kriegst du ebenfalls deinen Teil ab.«

Er ging an Land und ich folgte ihm bis zum Tor, das ich aufschloss.

Er bewegte seine Augen so, als wolle er mir zuzwinkern, aber ich sah ihn in einer Weise an, dass er sich wohl dachte, das besser zu unterlassen, woraufhin er sein Auge rieb und so tat, als würde er ein Staubkorn entfernen. Dann zog er los.

Ich verschloss das Tor wieder und ging zurück in die Kabine. Für eine Weile saßen wir da und unterhielten uns über Väter, die verrückten Ideen, die sie in ihrem Kopf haben, und andere Dinge dieser Art. Soweit ich mich erinnern kann, hatte ich noch zwei Gläser Whisky getrunken und eine Zigarre von dem Skipper geraucht.

Ich war gerade in Gedanken, was für eine wunderbare Sache es ist, am Leben zu sein, gesund und guter Laune, und dabei mit einem Mädchen zu sprechen, das alles verstand, als ich drei Pfiffe hörte.

»Was ist das?«, sagte ich und sprang auf. »Eine Polizeipfeife?«

»Das denke ich nicht«, sagte Miss Butt und legte ihre Hand auf meine Schulter. »Setzen Sie sich hin und bleiben, wo Sie sind. Ich will nicht, dass Ihnen etwas passiert, wenn es die Polizei ist. Lassen Sie jemanden hingehen, den ich nicht so mag.«

Ich setzte mich wieder hin und lauschte, aber es kamen keine Pfiffe mehr.

»Nur ein Junge auf der Straße, vermute ich«, sagte das Mädchen. Dann ging sie in den Schlafraum.

»Ich muss Ihnen etwas zeigen. Warten Sie eine Minute!«

»Ich hörte, wie sie herumlief und dann zurück in die Kabine kam.«

»Ich kann die Schlüssel zu meiner Kiste nicht finden«, sagte sie, »aber es ist da drin. Ich frage mich, ob Sie nicht einen Schlüssel haben, mit dem man sie öffnen kann. Sie hat ein Vorhängeschloss.«

Ich steckte meine Hand in die Tasche und zog meine Schlüssel heraus. »Soll ich kommen, um es zu versuchen?«, sagte ich.

»Nein, danke«, sagte sie und nahm den Schlüsselbund. »Der hier sieht so aus, als hätte er die richtige Größe. Was ist das für ein Schlüssel?«

»Es ist der Schlüssel für das Tor«, sagte ich, »aber ich glaube nicht, dass er passt.«

Sie ging zurück wieder in den Schlafraum und ich hörte, wie sie am Schloss herumfummelte. Dann kam sie schwer atmend zurück in die Kabine und stand da und dachte nach.

»Jetzt erinnere ich mich an etwas«, sagte sie und fasste sich ans Kinn:

»Ja, das ist es.«

Sie ging zur Tür und dann die Kajütenleiter hoch. Im nächsten Moment hörte ich ein Schiebegeräusch und einen Schlüssel, der sich im Schloss drehte. Ich sprang zur Treppe hin und konnte meinen Sinnen kaum trauen. Ich sah, dass die Kajütentür versperrt war.

Als ich dann noch feststellte, dass sie diese abgeschlossen hatte, hätte man mich mit einer Feder erschlagen können.

Ich ging wieder runter in die Kabine. Dort stellte ich mich auf die Staukiste, drückte die enge Dachluke mit meinem Kopf nach oben und versuchte herauszusehen. Ich konnte das Tor nicht sehen, hörte aber Stimmen und Fußschritte.

Ein wenig später sah ich das Mädchen auf der Anlegestelle kommen, Arm in Arm mit dem jungen Mann, genau der, von dem sie mir gesagt hatte, dass sie ihn nicht leiden könne.

Sie bestiegen den Schoner, beugten sich runter auf Hände und Knie, und bestaunten mich.

»Wer ist das?«, sagte der junge Mann und grinste.

»Es ist der Wachmann«, sagte das Mädchen. »Er ist hier verantwortlich für die Sicherheit der Werft, weißt du, und er sorgt dafür, dass niemand hereinkommt.«

»Wir hätten ein paar Brötchen für ihn mitbringen sollen«, sagte der junge Mann. »Schau runter, wie er seinen Mund öffnet.«

Die beiden lachten so sehr, dass es sie hätte umbringen können, ich habe aber keine Miene verzogen.

»Ihr öffnet jetzt die Kajütentür«, sagte ich, »oder es wird schlimm für euch ausgehen. Hört ihr mich? Öffnet sie!«

»Oh, Alfred«, sagte sie, »er verliert die Fassung. Was sollen wir nur machen?«

»Ich will keinen weiteren Unfug von euch« sagte ich, und versuchte, sie mit meinen Augen zu fixieren. »Wenn ihr mich nicht hier rauslasst, wird alles noch schlimmer werden.«

»Sprich nicht so mit meiner Lady« sagte der junge Mann.

»Deine junge Lady?«, sagte ich. »Hmm! Du hättest sie vor einer halben Stunde hören sollen.«

Das Mädchen schaute mich für einen Moment unbewegt an.

»Er hat seinen scheußlichen, fetten Arm um meine Hüfte gelegt, Alfred«, sagte sie.

»Was!«, sagte der junge Mann mit kreischender Stimme. »WAS!«

Er schnappte sich den Mopp, den dieser widerliche, unordentliche Koch, an die Seite gelehnt, stehen gelassen hatte.

Ich hatte nicht die leiseste Ahnung, was er damit wollte, bis er dieses abscheuliche Ding durch die Dachluke gesteckt und direkt in mein Gesicht gedrückt hatte.

»Das nächste Mal nehme ich dich auseinander, Rippe für Rippe«, schrie er.

Für eine Weile war ich nicht in der Lage zu sprechen, und als ich es dann konnte, bremste er mich wieder mit dem Mopp.

Ich fühlte mich wie ein angeketteter Löwe, der von einem Affen gequält wird.

Dann stieg ich wieder von der Kiste herunter und sagte beiden, was ich von ihnen halte.

»Komm mit, Alfred«, sagte das Mädchen, »sonst kommt der Koch zurück, bevor wir aufbrechen.«

»Mit dem ist alles in Ordnung«, sagte der junge Mann. »Minnie kümmert sich um ihn. Als ich von dort wegging, hatte er eine ganze Flasche Whisky vor sich stehen.«

»Trotzdem sollten wir jetzt gehen«, sagte Miss Butt. »Es wäre eine Schande, die Kutsche warten zu lassen.«

»Nun gut«, sagte er. »Ich will diesem alten Trottel nur noch einen mit dem Mopp mitgeben, und dann gehen wir.«

Er schaute herunter durch die Dachluke und wartete, aber ich blieb ziemlich ruhig und stand mit dem Rücken zu ihm.

»Komm jetzt«, sagte Miss Butt.

»Ich komme«, sagte er. »Hallo, du da unten! Wenn der Kapitän zurückkommt, sag ihm, dass ich Miss Butt zu einer Tante von mir auf dem Land bringe. Und sag ihm auch, dass er in einer Woche oder zwei das größte und schönste Stück Hochzeitstorte bekommt, das er je in seinem Leben hatte. Machs gut!«

»Auf Wiedersehen, Wachmann«, sagte das Mädchen.

Sie gingen weg, ohne dass ein weiteres Wort gefallen wäre – ich meine Worte, die von ihnen kamen.

Ich hörte, wie das Türchen zugeschlagen wurde und dann eine Kutsche, die über die Pflastersteine davonfuhr.

Zunächst konnte ich das alles nicht begreifen. Ich konnte nicht glauben, dass ein Mädchen mit solch wunderschönen, blauen Augen so hartherzig sein konnte. Für eine ganze Weile stand ich da, in der Hoffnung, dass die Kutsche zurückkommen würde.

Dann erhob ich mich und versuchte, die Kajütentür mit meinen Schultern aufzustemmen.

Schließlich musste ich zurück in die Kabine gehen, und nachdem ich die Lampe angezündet und einen weiteren Schluck vom Whisky des Kapitäns genommen hatte, um meinen Kopf freizukriegen, setzte ich mich hin und versuchte darüber nachzudenken, was für eine Geschichte ich ihm erzählen würde.

Ich saß da, für ziemlich volle drei Stunden, ohne dass ich eine Idee hatte. Dann hörte ich die Dienstmannschaft der Werft auf der Anlegestelle.

Sie waren ein wenig überrascht, als sie meinen Kopf durch die Dachluke sahen. Dann fingen sie alle zur gleichen Zeit an, mich zu fragen, was ich da machen würde.

Ich sagte ihnen, dass sie mich erst einmal herauslassen sollten, dann würde ich ihnen alles erzählen.

Einer von ihnen kam herum zur Kajütentür, als der Skipper auf der Anlegestelle erschien und an Bord kam.

Er bückte sich und schaute auf mich durch die Dachluke, so, als könnte er seinen Augen nicht trauen.

Dann schickte er die Arbeiter nach vorne und sagte ihnen, dortzubleiben, egal was passiert.

Er öffnete die Kajütentür und kam herunter…

DER EINSPRINGER

Der Einspringer

»Hunde an Bord eines Schiffes sind ein Ärgernis«, sagte der Mann von der Nachtwache und starrte wütend auf den lärmenden Mischling, der ihn vom Deck der 'Henry William' gejagt hatte. »Der Skipper hat mir gesagt, dass ich ein Auge auf das Schiff haben sollte, und dann lässt er so ein Biest unten in der Kabine.«

Er lehnte sich gegen einen Stapel von leeren Fässern, um wieder Atem zu schöpfen, schüttelte die Faust in Richtung des Tieres und sagte, ganz ruhig…

»Einige Leute lassen nichts auf sie kommen. Sie sprechen über die ehrlichen Augen eines Hundes und seine treue Art.«

»Ich hatte selbst einmal einen Hund, und ich habe seine Augen niemals so ehrlich gesehen, wie es an dem Tag der Fall war, als er auf einem Pfund Rindersteak saß, das wir zuvor überall gesucht hatten.«

»Ich habe aber auch Hunde gekannt, die einen Haufen Ärger verursacht haben.«

»Es hat einmal ein Mann in meiner Straße gelebt, der mir erzählte, dass er schon drei Mal im Gefängnis war, weil er Hunde behalten hatte, die ihm gefolgt waren und nicht weggehen wollten, als er es ihnen gesagt hatte.«

»Er sagte, dass einige Männer sie auf die Straße hinausgekickt hätten, er aber glaubte, dass ihr Leben viel zu wertvoll war, um auf dieser Weise einer Gefahr ausgesetzt zu werden.«

»Einige Leute hatten sich zugezwinkert, als er in dieser Weise gesprochen hatte, ich aber nicht.«

»Ich kann mich besonders an einen Hund erinnern, den der alte Sam Small und Ginger Dick und Peter Russet, genau auf diese Weise ins Herz geschlossen hatten.«

»Es passierte eines Nachts, in einer kleinen Gaststätte, unten an der Commercial Road.«

»Sie waren für eine ganze Woche nicht mehr an Land gewesen. Die Nacht zuvor wurden sie aus einem Varietétheater rausgeschmissen, nachdem Ginger Dick einem Mann einen Kinnhaken versetzt hatte, der sich nicht benehmen wollte.«

»Danach sagten sie, dass sie ihr Geld lieber für Bier ausgeben wollten. Es waren nur die drei anwesend, die in einer gemütlichen Bar zusammenhockten, als die Tür aufgestoßen wurde und ein großer, schwarzer Hund hereinkam.«

»Er ging direkt auf Sam zu und leckte seine Hand. Sam hatte gerade einen mit etwas Käse belegten Pfeilwurz-Keks gegessen. Er war nicht das, was man eine gebildete Person nennen würde, aber als er sah, dass der Hund seine Hand genauso unbekümmert ableckte, wie den Keks, reichte er ihn an den Hund weiter, der ihn auf einmal herunterschlang.«

»Dann sprang er auf den Schoß von Sam, wackelte mit dem Schwanz und wedelte damit in seinem Gesicht herum, aus Freude und Dankbarkeit.«

»Er hat Gefallen an dir gefunden, Sam«, sagte Ginger.

Sam stieß den Hund von sich auf den Boden und wischte sich über das Gesicht.

»Er ist ein guter Hund von seinem Aussehen her«, sagte Peter Russet, der auf dem Land geboren wurde.

Er kaufte eine Wurst, die er dann zusammen mit dem Hund gegessen hatte. Dann holte auch Ginger eine und gab sie ihm. Als er sie alle gegessen hatte, konnte sich der Hund offensichtlich nicht entscheiden, wen von ihnen er am meisten mochte.

»Ich frage mich, wem er wohl gehört?«, sagte Ginger. »Steht da ein Name auf dem Halsband?«

Peter schüttelte seinen Kopf. »Es ist aber ein gutes Halsband«, sagte er. »Ich frage mich, wo er herkommt und ob er sich verlaufen hat.«

Der alte Sam, der immer darauf aus war, Geld zu bekommen, stellte sein Bier ab und wischte sich den Mund ab. »Vielleicht ist eine Belohnung für ihn ausgesetzt«, sagte er. »Ich werde ihn für ein, zwei Tage versorgen, falls es so ist.«

»Wir werden uns alle um ihn kümmern«, sagte Ginger, »und wenn es eine Belohnung gibt, werden wir uns die teilen. Denk daran!«

»Ich habe ihn gefunden«, sagte Sam, der dem nicht zustimmen wollte. »Er ist zu mir gekommen, als würde er mich schon mein ganzes Leben kennen.«

»Nein«, meinte Ginger, »mach dir selbst nichts vor.«

Peter Russet meinte: »Er ist nur zu dir gekommen, weil er dich nicht kennt, denn wenn er das täte, hätte er dich in deine Hand gebissen.«

»Genau«, sagte Ginger, »anstelle sie zu waschen.«

»Macht nur weiter so!«, sagte Sam, der sich geduldig zurückhielt. »Macht nur weiter so!«

Peter hatte gerade seinen Mund öffnen wollen, um etwas zu sagen, als ein anderer Mann in die Bar kam. Nachdem er seinen Drink bestellt hatte, drehte er sich um und streichelte den Kopf des Hundes.

»Das ist ein guter Hund; wie alt ist er?«, sagte er zu Ginger.

»Im letzten April waren es zwei Jahre«, sagte Ginger, ohne mit der Wimper zu zucken.

»Am fünften April«, fügte der alte Sam schnell und ungestüm hinzu.

»Um zwei Uhr morgens«, sagte Peter.

Der Mann hob sein Bierglas hoch und schaute sie an. Er nahm einen Schluck und betrachtete sie erneut. Danach warf er wieder einen Blick auf den Hund.

»Ich kann sehen, dass er sehr wertvoll ist«, sagte er. »Ich habe das schon im ersten Moment gemerkt, als ich ihn sah. Passt auf, dass er euch nicht gestohlen wird.«

Er trank sein Bier aus und ging hinaus. Kaum war er weg gewesen, nahm Ginger ein dickes Stück Schnur aus seiner Tasche und befestigte sie am Halsband des Hundes.

»Fühl dich nur wie zu Hause, Ginger«, sagte Sam in unfreundlichem Ton.

»Das mache ich auch«, sagte Ginger. »Dieser Bursche versteht etwas von Hunden, und wenn wir keine Belohnung für ihn kriegen, können wir ihn vielleicht verkaufen.«

Sie hatten alle noch ein Bier und dann, nach dem Ginger die Schur in die Hand genommen hatte, gingen sie nach draußen.

»Neun Uhr«, sagte Peter. »Es macht keinen Sinn, jetzt schon nach Hause zu gehen.«

»Wir können noch ein Glas oder zwei auf dem Weg trinken«, sagte Ginger, »aber ich habe ein ungutes Gefühl, bevor wir den Hund nicht sicher untergebracht haben. Vielleicht suchen die Leute, die ihn verloren haben, schon nach ihm.«

Sie nahmen später noch einen Drink, und der Mann in der Bar hatte sich so für den Hund begeistert, dass er ihnen fünf Shilling bot und eine Runde für alle.

»Das zeigt doch, wie wertvoll er ist«, sagte Peter Russet, als sie wieder draußen waren. »Halt den Strick fest, Ginger. Was ist los?«

»Er will nicht mitkommen«, sagte Ginger und zog an der Schur. »Komm, mach schon, alter Bursche! Guter Hund! Komm mit!«

Er stand da und zerrte an dem Hund, der sich hingelegt hatte und nun auf dem Bauch entlang gezogen wurde. Er kannte nicht seinen Namen, aber hatte einige Ausdrücke für ihn parat, die seine Sinne zu beruhigen schienen.

Dann übergab er den Strick an Sam, der danach gefragt hatte und sagte zu ihm, dass er sehen solle, was er ausrichten könnte.

»Wir werden hier bald eine Menge Leute um uns herum stehen haben«, sagte Peter. »Pass auf, dass du kein Blutgefäß verletzt, Sam.«

»…und vielleicht eingesperrt wirst«, sagte Ginger, »weil man glaubt, du hättest ihn gestohlen. Lass ihn lieber laufen, Sam.«

»Was, nachdem wir fünf Shilling für ihn abgelehnt haben?«, sagte Sam. »Sei vernünftig, Ginger, und gib ihm einen Schubs auf den Hintern.«

Ginger schubste ihn, aber es half nichts.

Drei oder vier Leute kamen die Straße entlang gelaufen und Sam fasste augenblicklich einen Entschluss. Er hielt seine Hand hoch und winkte nach einer Kutsche, die gerade vorbeifuhr.

Es hatte des Einsatzes von allen dreien bedurft, den Hund in die Kutsche zu kriegen und als sie ihn drinnen hatten, sagte der Kutscher, dass sie ihn wieder herausnehmen sollten.

Sie redeten auf ihn ein, bis ihnen die Zungen wehtaten und schließlich, nachdem sie ihm vier Shilling und einen Sixpence vor Fahrtantritt gegeben hatten, ging er in die Fahrerkabine und fuhr davon.

Die Tür war offen, als sie zu ihrer Unterkunft kamen, aber sie mussten vorsichtig sein, wegen der Wirtin.

Sie bemühten sich alle drei, um den Hund die Treppe hochzuziehen und hochzuschieben, und Ginger bekam eine Abneigung gegen Hunde, die er nie wieder überwunden hatte.

Schließlich konnten sie ihn ins Schlafzimmer bringen und, nachdem sie ihm etwas Wasser im Handwaschbecken gegeben hatten, besprachen sie die Sache mit Sam Small.

»Ich weiß, was ich machen werde«, sagte Sam, »aber wenn ihr keinen Anteil wollt, sagt es nur. Also was nun?«

»Rede vernünftig mit uns«, sagte Ginger. Wir haben unseren Anteil an der Kutschenfahrt bezahlt, ist es nicht so? Das reicht!«

»Es wird wohl keinen Anteil geben«, sagte Peter Russet, »aber wenn es so ist, wollen wir unseren haben.«

Sie zogen sich aus und gingen zu Bett.

Als Ginger noch keine fünf Minuten drin war, fing der Hund damit an, zu ihm zu kommen. Als Ginger ihn wegstieß, dachte er, dass er nur mit ihm spielen wollte. Dann, nachdem er im Spiel so tat, als wollte er ihn beißen, nahm er die Überdecke in den Mund und versuchte sie herunterzuziehen.

»Warum schläfst du nicht, Ginger?«, sagte Sam, der gerade dabei war einzunicken. »Ihr könnt ja morgen früh spielen.«

Ginger gab dem Hund einen Schlag auf die Brust. Nachdem er ein paar drohende Worte zu Sam gesagt hatte, kuschelte er sich ins Bett und alle begannen zu schlafen. Alle – außer dem Hund.

Er schien beunruhigt und weckte sie auf, indem er sich auf seine Hinterfüße stellte und dann seine Vorderpfote auf ihre Brust legte, um zu sehen, ob sie nach am Leben waren.

Das machte er ein halbes Dutzend Mal. Schließlich schlief er doch noch ein, nachdem er sich ein paar Mal gekratzt hatte.

Ungefähr um drei Uhr morgens wachte Ginger mit einem fürchterlichen Schreck auf und saß im Bett und zitterte. Zugleich wurden auch Sam und Peter aus ihrem Schlaf gerissen und erhoben sich in ihren Betten.

Sie schauten auf den Hund, der auf seinem Schwanz saß, den Kopf nach hinten und so stöhnte, dass es ihr Herz hätte brechen können.

»Was ist los?«, sagte der alte Sam mit zittriger Stimme. »Hör auf damit! Hör auf damit! Hörst du mich!«

»Vielleicht stirbt er«, sagte Ginger, als der Hund aufheulte, so, als würde ein Dampfboot den Fluss hochkommen. »Hör auf damit, du Bestie!«

»In einer Minute hat er das ganze Haus aufgeweckt«, sagte Peter. »Geh runter mit ihm und befördere ihn mit einem Tritt auf die Straße, Sam.«

»Bring ihn doch selbst runter«, sagte Sam. »Psst! Jemand kommt die Treppe rauf. Armer, alter Hund, komm mit, komm mit.«

Der Hund hörte mit seinem Gejaule auf und leckte ihn ab, als in diesem Moment die Wirtin und zwei weitere Personen draußen vor die Tür kamen und wissen wollten, was los ist.

»Es ist alles in Ordnung, gnädige Frau«, sagte Sam. »Es ist nur der arme Ginger.«

Dann drehte er sich zu Ginger hin und sagte im Flüsterton: »Und du bleibst ruhig.«

»Warum macht er einen solchen Radau?«, sagte die Wirtin. »Er hat mir mein Blut in den Adern gefrieren lassen.«

»Er hatte einen Anfall von Zahnschmerzen«, sagte Sam.

»Lass es gut sein, Ginger«, sagte er schnell, als der Hund wieder heulte, »versuche es auszuhalten.«

»Er ist ein Feigling, das ist es, was er ist«, sagte die Wirtin ziemlich erbittert. »Ein fünfjähriges Kind würde nicht einen solchen Aufstand machen.«

»Das hört sich eher nach einem Hund an, als nach einer menschlichen Stimme«, sagte jemand anderes. »Komm raus Ginger und dann kriegst du was, worüber du wirklich weinen kannst.«

Sie warteten eine oder zwei Minuten, und als alles ruhig war, gingen sie zurück in ihre Betten.

Sam erzählte Ginger etwas von Geistesgegenwart und Ginger erzählte Sam, was er mit ihm machen würde, wenn er nicht ein fetter, alter Mann wäre, der schon mit einem Bein im Grab steht.

Als sie morgens aufwachten, hatten sie alle wieder eine bessere Laune.

Während Sam sich wusch, unterhielten sie sich darüber, was sie mit dem Hund anstellen sollten.

»Wir können ihn nicht den ganzen Tag herumführen«, sagte Ginger, »und wenn wir ihn von der Leine lassen, verschwindet er nach Hause.«

»Er weiß doch gar nicht, wo sein Zuhause ist«, sagte der alte Sam, mit sehr ernster Stimme, »er würde vielleicht weglaufen und dann könnte er verhungern oder irgendwo schlecht behandelt werden. Ich habe von Jungen gehört, die ihnen Blechdosen an den Schwanz binden.«

»Das habe ich selbst schon gemacht«, sagte Ginger und nickte.

»Folglich ist es unsere Pflicht, uns um ihn zu kümmern«, sagte Sam.

»Ich gehe runter zur Eingangstür«, sagte Peter, »und wenn ich pfeife, dann bringt ihn herunter.«

Ginger steckte seinen Kopf aus dem Fenster, und als Peter pfiff, nahmen er und Sam den Hund mit nach unten und raus auf die Straße.

»So weit, so gut«, sagte Sam. »Nun, wie steht's mit Frühstück?«

Sie nahmen ihr Frühstück im gewohnten Coffeeshop ein und der Hund nahm ein paar Happen von jedem von ihnen.

Unglücklicherweise war er nicht an Fischgräten gewöhnt, und nachdem zwei Kunden rausgegangen waren und zwei weitere sich beim Wirt beschwerten, mussten sie ihr Frühstück stehen lassen und mit ihm nach draußen gehen, um frische Luft zu schnappen.

»Nun, was machen wir jetzt?, sagte Ginger. »Langsam werde ich krank davon, ihn zu sehen. Und sollen wir ihn den ganzen Tag an so einem kleinen Strick herumführen?«

»Lass uns um die Ecke gehen und ihn dort loslassen«, sagte Peter Russet.

»Gib mir jetzt diesen Strick«, sagte Sam. »Wenn ihr keinen Anteil wollt, dann ist das in Ordnung. Ich werde mich um ihn kümmern und alles bekommen.«

Daraufhin schauten sich Ginger und Peter an. In dem Moment, in dem Sam anfing, von Geld zu reden, dachten sie sofort daran, etwas zu verlieren.

»Wir können ihn aber nicht immer in unserem Schlafzimmer haben, wo er uns die ganze Nacht über wach hält?«, sagte Peter.

»Ja, und dann wird alles auf mich und meine Zahnschmerzen geschoben«, sagte Ginger. »Nein, du kannst dich um ihn kümmern, Sam, während Peter und ich jetzt weggehen und uns vergnügen werden. Aber wenn du etwas bekommen solltest, kriegen wir einen Anteil, denk daran!«

»In Ordnung«, sagte Sam und drehte sich mit dem Hund weg.

»Nehmen wir einmal an, Sam bekommt eine Belohnung oder verkauft ihn und dann erzählt er uns, dass er weggelaufen ist oder er ihn verloren hat?«, sagte Peter.

»Genau, natürlich, daran habe ich noch gar nicht gedacht«, sagte Ginger. Du hast den richtigen Gedanken, Peter.«

»Ich habe ihn lächeln sehen, darum ist das so«, sagte Peter Russet.

»Du bist ein Lügner«, sagte Sam.

»Wir werden zusammenbleiben«, sagte Ginger. »Mindestens einer von uns wird bei dir bleiben, Sam.«

Schließlich hatten sie sich darauf geeinigt. Während Ginger einen Spaziergang machte, ungefähr dorthin, wo sie den Hund gefunden hatten, warteten Sam Small und Peter auf ihn in einer kleinen Kneipe unten am Limehose Weg und stellten sich vor, dass er mit der Nachricht von einer Belohnung zurückkommen würde.

Als Ginger aber zurückkam und ihnen sagte, dass es keine geben würde, hatten sie eine Menge zu sagen, über Leute, die nicht geeignet wären, Hunde zu haben, da sie diese nicht lieben würden.

Sie hatten dazu noch einen miserablen Tag. Als der Hund es satthatte, in einem Pub zu sitzen, machte er einen solchen Krach, dass sie mit ihm rausgehen mussten, und wenn er müde war vom Herumlaufen, setzte er sich auf das Pflaster und sie mussten ihn zum nächsten Pub hinziehen. Um fünf Uhr am Nachmittag sprach Ginger Dick von einer Portion Rattengift für zwei Pennys.

»Was sollen wir mit ihm machen, heute Nacht um zwölf, wenn wir zurückgehen?«, sagte Peter.

»Mal angenommen, wir können ihn nicht wieder ins Haus schmuggeln?«, sagte Ginger. »Oder weiterhin angenommen, er macht in der Nacht wieder so einen Krach?«

Sie tranken jeder ein Bier, um nachzudenken und ihre Gedanken anzuregen, was zu tun war. Und, nach einer Menge Palaver und Streit, taten sie das, was andere Leute getan hatten, nachdem sie in Schwierigkeiten geraten waren: Sie kamen zu mir auf die Wache der Werft.

Ich hatte seit einer halben Stunde Dienst, als die drei mit dem Hund auf der Anlegestelle eintrafen.

Nachdem sie mir gesagt hatten, wie gut ich aussehen würde und es so scheinen würde, dass ich immer jünger werde, jedes Mal, wenn sie mich sehen, fragten sie mich, ob ich den Hund von ihnen übernehmen könnte.

»Er kann dir Gesellschaft leisten«, sagte der alte Sam. »Es muss doch hier nachts immer sehr einsam auf deinem Wachposten sein. Wir haben oft daran gedacht.«

»Und tagsüber kannst du ihn mit nach Hause nehmen und im Garten anbinden«, sagte Ginger.

Zuerst wollte ich mit der ganzen Sache nichts zu tun haben, habe aber schließlich doch eingewilligt.

Sie hatten mir vier Pence pro Tag angeboten. Da ich aber kein Risiko eingehen wollte, brachte ich sie dazu, mir zwei Shilling im voraus zu bezahlen, um es zu machen.

Sie zogen wieder von dannen, so, als hätten sie eine große Last zurückgelassen.

Nachdem ich den Hund festgebunden hatte, ging ich wieder meiner Arbeit nach. Sie hatten mir nicht genau gesagt, um was es ging, aber von den ein oder zwei Bemerkungen, die gefallen waren, hatte ich schon eine gewisse Ahnung.

Der Hund hatte zuerst ein wenig gejault, beruhigte sich dann aber bald wieder. Er war ein schön anzusehendes Tier, obwohl für mich ein Hund wie der andere ist. Selbst wenn ich einen für zehn Jahre hätte, könnte ich ihn kaum von zwei, drei ähnlichen unterscheiden.

Ich hatte ihn dann mit nach Hause genommen, als ich am Ende der Nachtwache, um sechs Uhr morgens, ging und ihn dann in meinem Garten angebunden.

Meine Frau hatte natürlich einige Kritik anzubringen – dafür sind die Leute ja verheiratet – aber als sie herausfand, dass er mich auf der Arbeit dreimal aufgeweckt hatte, wurde sie still und bemerkte, was für ein schönes Fell er doch hat.

Die drei Männer sind am nächsten Abend wieder bei mir auf der Werft erschienen, um nach ihm zu sehen. Sie hatten so große Angst, dass er verloren gehen könnte, dass er mitkommen musste, als sie mir ein Bier in der Bull's Head Kneipe ausgegeben hatten.

Ginger wollte ihm eine Wurst kaufen, aber nachdem ihn Sam darauf aufmerksam gemacht hatte, dass sie mir vier Pence pro Tag dafür bezahlen, dafür, dass ich ihn versorge, machte er es nicht.

Dann hatte Sam auch noch die Unverfrorenheit mir zu sagen, dass er ein Stück gebratenes Steak am liebsten mag.

Eine Menge Leute bewunderten diesen Hund. Ich erinnere mich – ich glaube, es war die vierte Nacht – als der Lastkahn 'Dauntess' längsseits kam. Nachdem sie festgemacht hatte, kam der Skipper an Land und nahm ein wenig Notiz von ihm.

»Woher hast du ihn?«, sagte er.

Ich erzählte ihm die Geschichte. Danach stand er eine Weile da, tätschelte den Hund am Kopf und pfiff vor sich hin.

»Er hat ungefähr die Größe von meinem eigenen Hund«, sagte er. »Es ist auch ein schwarzer Retriever.«

Ich sagte »Oh!«

»Ich werde ihn wohl weggeben müssen«, sagte er. »Er ist im Moment auf dem Kahn.

Meine Frau will ihn nicht mehr im Haus haben, da er das Baby gebissen hat. Es hat auch nicht geholfen, dass ich ihr gesagt hatte, dass es das erste Mal war, dass er zugebissen hatte. Sogar das Gesetz erlaubt einen Biss, aber was soll man mit Frauen über Gesetze reden.«

»Außer sie sind auf ihrer Seite«, sagte ich.

Er tätschelte wieder den Kopf des Hundes und pfiff. Ein großer, schwarzer Hund kam aus der Kabine heraus und sprang an Land. Ich ging hin und brachte seine Nase an die von Sams Hund. Daraufhin knurrten beide wie ein Gewittersturm. »Sie könnten Brüder sein«, sagte der Skipper, »nur, dass dein Hund einen besseren Kopf und ein besseres Fell hat. Es ist ein guter Hund.«

»Für mich sehen sie alle gleich aus«, sagte ich. »Ich könnte sie nicht auseinanderhalten, selbst wenn man mich dafür bezahlen würde.«

Der Skipper stand für einen Moment da und sagte dann: »Ich wünschte mir, du könntest mich einmal sehen lassen, wie mein Hund in dem Halsband von deinem aussieht.«

»Wofür das?«, sagte ich.

»Aus reiner Neugier«, sagte er. »Komm schon, Bill.«

»Ja, na gut«, sagte ich.

»Es ist noch keine Weihnachten«, sagte er, nahm mich am Arm und ging ein wenig auf und ab, »aber bald ist es soweit und bis dahin könnten wir uns vielleicht nicht wieder treffen. Du hast mir ein oder zwei große Gefallen getan und ich würde dir gerne ein Weihnachtsgeschenk von drei halben Dollars machen.«

Ich habe sie von ihm genommen und dann, nur um ihm einen Gefallen zu tun, hatte ich ihn das Halsband an seinem Hund ausprobieren lassen, während ich den Besen nahm und etwas aufkehrte.

»Es sieht gut an ihm aus«, sagte er, als ich fertig war. »Aber ich muss es nun zurückgeben«, sagte er, »Komm mit, Bruno. Gute Nacht, Bill.«

Er brachte seinen Hund zurück auf den Lastkahn, wobei er sich ein wenig sträubte. Nachdem ich mich versichert hatte, dass mein Hund wieder sein eigenes Halsband anhatte, fuhr ich mit meiner Arbeit fort.

Am nächsten Tag erschien mir der Hund sehr verändert zu sein und er war so grimmig draußen im Garten, dass sich meine Frau nicht in seine Nähe traute.

Ich wollte mit dem Skipper darüber sprechen, da es so schien, dass er mehr von Hunden verstand, als ich. Als ich aber zurück in die Werft kam, hatte der Lastkahn schon wieder abgelegt.

Es wurde gerade dunkel, als die Glocke am Haupttor klingelte, und bevor ich noch hingehen konnte, klingelte sie noch ein halbes Dutzend Mal, so schnell, wie eine Glocke klingeln kann.

Als ich das kleine Türchen im Tor öffnete, versuchten Sam Small und Ginger und Peter alle zur gleichen Zeit reinzukommen.

»Wo ist der Hund?«, sagte Sam.

»Angebunden«, sagte ich. »Was ist los? Seid ihr alle verrückt geworden?«

Sie gaben mir keine Antwort und rannten zum Anlegesteg.

Noch bevor ich mich zu ihnen umdrehen konnte, hatten sie den Hund losgebunden und zogen ihn zu mir hin. Dabei grinsten sie über das ganze Gesicht.

»Eine Belohnung«, sagte Ginger, als ich ihn am Mantel festhalten konnte. »Fünf Pfund – der Wirt einer Schänke – in Bow (ein Distrikt im Londoner East-End) – komm mit, Sam!«

»Warum hältst du nicht deinen Mund, Ginger?«, sagte Sam.

»Fünf Pfund!«, sagte ich. »Fünf Pfund! Hurra!« »Warum schreist du Hurra?«, sagte Sam kurz.

»Warum«, sagte ich, »ich denke … Halt, bleibt noch einen Moment!«

»Keine Zeit«, sagte Sam, der den anderen folgte.

Ich sah ihnen nach, wie sie die Straße hinuntergingen, und dann schloss ich das Tor.

Ich ging die Anlegestelle auf und ab und dachte darüber nach, was für eine lustige Sache das Geld doch ist und wie es die Natur der Menschen verändert.

Und überhaupt, dachte ich, dass drei halbe Dollar, ehrlich verdient, besser sind, als eine Belohnung dafür, dass man den Hund eines anderen Mannes versteckt gehalten hatte.

Um neun Uhr war ich mit dem Aufräumen fertig und ging ins Büro, um in Ruhe zu rauchen. Ich wunderte mich, wie es mit den dreien weitergehen würde und gerade, als ich an sie dachte, kam das schlimmste Klingeln am Tor, das ich je in meinem Leben gehört hatte, dazu noch das Geräusch von Stiefeln, die an das Tor traten.

Das alles war so heftig gewesen, dass ich zunächst nicht hingehen wollte, da ich dachte, dass schlechte Nachrichten kämen. Schließlich öffnete ich es und hereingestürmt kamen Sam Small mit Ginger und Peter.

Fünf Minuten lang sprachen sie alle auf einmal und hielten ihre scheußlichen Fäuste unter meine Nase. Ich konnte mir zunächst keinen Reim darauf machen, bevor ich herausfand, dass sie den Hund wieder bei sich hatten und dass der Wirt gesagt hätte, das wäre nicht der richtige.

»Er hat uns aber gesagt, dass das Halsband seines war«, sagte Sam. »Wie kannst du das erklären?«

»Vielleicht hat er einen Fehler gemacht«, sagte ich, »oder vielleicht glaubt er, dass ihr den Hund irgendwo eingefangen habt und er ihn umsonst zurückkriegt. Ihr wisst doch, wie die Wirtsleute sind. Versucht es einfach noch mal.«

»Lasst ihn hier. Morgen Nacht könnt ihr ihn wieder holen«, sagte ich. »Es ist ein schöner Spaziergang runter nach Bow. Vorher werde ich aber noch ein Wort mit unserem Polizisten hier wechseln müssen. Gute Nacht!«

East London ca. 1900

DAS SCHWÄCHERE SCHIFF

Das schwächere Schiff

Mr. Gribble saß in seinem kleinen, vorderen Salon, ärgerlich und verwundert. Es war bereits halb sieben und nirgends ein Anzeichen von Mrs. Gribble. Was noch schlimmer war – es gab keinen Tee.

Eine solche Situation hatte es zuvor erst ein einziges Mal gegeben. Das war drei Wochen nach ihrer Hochzeit. Bei dieser Gelegenheit hatte Mr. Gribble seinen Fuß so heftig aufgestampft, dass es einen Schlag gab, dessen Echo man noch dreißig Jahre danach auf dem Flur hören konnte.

Das Feuer in der kleinen Küche war aus, und die unordentlichen Überreste von Mrs. Gribbles Mittagessen zierten noch den Tisch. Mehr und mehr verwirrt konnte der entrüstete Ehemann nur zu dem Schluss kommen, dass sie hinausgegangen war und überfahren wurde. Es hätte andere Gründe für ihr Betragen geben können, das war aber der einzige, der es entschuldigen würde.

Sein Nachdenken wurde durch den Klang von einem Schlüssel in der Vordertür unterbrochen. Eine Sekunde später kam eine kleine, besorgte Gestalt in den Raum, lehnte sich gegen den Tisch und versuchte Luft zu kriegen. Ihre Panik wurde keineswegs abgemildert, aufgrund der drohenden Körperhaltung von Mr. Gribble.

»Ich – ich bin, so schnell ich konnte, nach Hause gekommen – Henry«, sagte Mrs. Gribble, die dabei nach Luft rang.

»Wo ist mein Tee?«, verlangte ihr Mann zu wissen. »Was hast du dir dabei gedacht? Das Feuer ist ausgegangen und die Küche ist noch so, wie du sie verlassen hast.«

»Ich – ich war bei den Rechtsanwälten, Henry«, sagte Mrs. Gribble, »und dort musste ich warten.«

»Rechtsanwälte?«, wiederholte ihr Mann.

»Ich habe heute Nachmittag einen Brief erhalten, wo ich aufgefordert wurde, zu Ihnen zu kommen. Der arme Onkel George, der nach Amerika gegangen ist, ist gestorben.«

»Das ist keine Entschuldigung mich so zu vernachlässigen«, sagte Mr. Gribble. »Natürlich sterben Leute, wenn sie alt sind. Ist das der Onkel, der losgezogen ist und dann so viel Geld verdient hat?«

Seine Frau, die offensichtlich ihre Erregung unterdrücken musste, nickte.

»Er – er hat mir zweihundert Pfund vermacht, für jedes Jahr und das ganze Leben lang, Henry«, sagte sie und tupfte ihre hellblauen Augen mit einem Taschentuch. Sie werden es monatlich bezahlen; sechzehn Pfund, dreizehn Shilling und vier Pence, jeden Monat. So hat er es verfügt.«

»Zweihun…«, begann Mr. Gribble, der fast die Fassung verlor. »Zweihun…, geh und hol meinen Tee! Wenn du glaubst, dass du dir solche Pausen erlauben kannst, nur weil dein Onkel dir Geld hinterlassen hat, sage ich dir, dass ich dies in meinem Haus nicht dulden werde.«

Er setzte sich auf einen Stuhl am Fenster, und während seine Frau in der Küche beschäftigt war, saß er da und starrte, offensichtlich vergnügt, aus dem Fenster. Zweihundert im Jahr! Er versuchte wieder seine gewöhnliche Miene aufzusetzen, als seine Frau zurück ins Zimmer kam und damit begann, den Tisch zu decken. Seine Reaktion, als seiner Frau eine Tasse und eine Untertasse aus den zitternden Fingern rutschten und auf dem Boden zersprangen, fiel diesmal ungewöhnlich milde aus.

»Es ist schön, dass dieses Geld zu uns kommt, in unserem fortgeschrittenen Alter«, sagte Mrs. Gribble zaghaft, als sie den Tee hinstellte. »Es nimmt mir eine Menge Sorgen im Kopf ab.«

»Fortgeschrittenes Alter!«, sagte ihr Mann mit unangenehmer Stimme. »Was meinst du mit fortgeschrittenem Alter? Ich bin zweiundfünfzig und fühle mich jünger als je zuvor.«

»Du siehst so jung aus, wie immer«, sagte die gehorsame Mrs. Gribble. »Ich kann bei die keine Veränderung erkennen. Zumindest keine, die erwähnenswert wäre.«

»Rede nicht so viel«, sagte ihr Mann. »Wenn ich deine Meinung zu meinem Aussehen haben will, dann frage ich dich danach. Wann kriegst du die ersten Zahlungen von dem Geld?«

»Dienstag nächster Woche, am 1. Mai«, antwortete seine Frau. »Die Anwälte werden es per Einschreiben schicken.«

Mr. Gribble grummelte vor sich hin.

»Es tut mir leid, dass ich das Haus verlassen muss, um ein paar Sachen zu besorgen«, sagte seine Frau und schaute sich dabei um. »Wir wohnen hier schon ziemlich lange, Henry.«

»Das Haus verlassen!«, wiederholte Mr. Gribble, der seine Teetasse abstellte und sie anstarrte. »Das Haus verlassen! Von was redest du?«

»Wir können hier nicht bleiben, Henry«, stammelte Mrs. Gribble, »nicht mit all diesem Geld. Sie bauen gerade wunderschöne Häuser in Charlton Grove – Bad, gefliese Böden vor dem Kamin und wundervolles, buntes Glas in der Eingangstür. Das alles gibt es für nur achtundzwanzig Pfund im Jahr.«

»Wunderbar«, sagte er mit einem spöttischen Funkeln in seinen Augen.

»Und einen eisernen Zaun vor dem Vorgarten, schokoladenbraun gestrichen und blau abgesetzt«, fuhr seine Frau fort, wobei sie ihn wehmütig ansah.

Mr. Gribble schlug mit der Faust auf den Tisch. »Das Haus ist gut genug für mich«, brüllte er heraus, »und was gut genug für mich ist, ist auch gut genug für dich. Buntglas und Bogenfenster! Du willst ein Bogenfenster, damit du darin herumlümmeln kannst, ist es nicht so? Es würde mich nicht wundern, wenn du auch noch ein Dienstmädchen haben wolltest, das die Arbeit für dich macht.«

Mrs. Gribble errötete schuldbewusst und holte Luft.

»Wir werden so leben, wie wir immer gelebt haben«, fuhr Mr. Gribble fort. »Das Geld wird mich nicht verderben. Ich werde mich nicht ändern, nur weil ein wenig davon reinkommt. Wenn es nach dir ginge, würden wir am Ende im Arbeitshaus landen.«

Er stopfte seine Pfeife und rauchte nachdenklich, während Mrs. Gribble die Teesachen wegräumte und den Abwasch machte. Prächtige Bilder eines Mannes, erschienen schemenhaft vor ihren Augen – gesund und herzlich, der mit ihr, Arm in Arm, auf einem Weg, gesäumt von Schlüsselblumen, entlanglief, mit zweihundert Pfund im Jahr.

Sie sah die Mahagonimöbel und die Plüschsofas in der Salonbar im Grafton Arms Restaurant, die sonntäglichen Ausflüge und die Parkanlagen an den Nachmittagen im Sommer...

Am Ersten des Monats aß er bedächtig sein Frühstück. Als er das Mahl beendet hatte, nahm er, mit seiner Pfeife im Mund, am Fenster Platz und wartete auf den Postboten.

Die zaghaften Ermahnungen von Mrs. Gribble, bezüglich der schnell verfliegenden Zeit und die damit verbundenen Strafen für Verspätungen am Arbeitsplatz, trafen auf taube Ohren. Plötzlich sprang er auf und traf den Postboten an der Tür.

»Ist es gekommen?«, fragte Mrs. Gribble und streckte ihre Hand aus.

Als Antwort darauf riss ihr Mann den Umschlag auf und reichte ihr das Begleitschreiben. Dann zählte er die Scheine und Münzen und steckte sie in seine Tasche. Als Mrs. Gribble ihn ansah, schaute er auf die Uhr, schnappte sich seinen Hut und ging raus auf die Straße.

An diesem Abend kam er spät nach Hause und seine Laune verbat jegliche Unterhaltung. Mrs. Gribble, mit dem trauernden Blick eines Menschen, dem ein unersetzlicher Schaden zugefügt wurde, fing sofort an zu weinen und brachte ihr Taschentuch an die Augen.

»Das ist nicht gut«, sagte schließlich ihr Mann, »das wird ihn auch nicht zurückbringen.«

»Wen zurückbringen?«, fragte Mrs. Gribble mit wirklicher Überraschung.

»Wen? Natürlich deinen Onkel George«, sagte Mr. Gribble, »das ist es doch, wofür du die Wasserhähne aufgedreht hast, ist es nicht so?«

»Ich habe nicht an ihn gedacht«, sagte Mrs. Gribble, und nahm dabei all ihren Mut zusammen. »Ich dachte an…«

»Nun, das solltest du aber«, unterbrach sie ihr Mann. »Er war nicht mein Onkel, der arme Kerl, aber ich habe den ganzen Tag über an ihn gedacht. Die Heringspastete, die du gerade isst, kommt von seiner Güte. Ich habe sie als einen Leckerbissen mit nach Hause gebracht.«

»Ich habe an meine Kleider gedacht«, sagte Mrs. Gribble, die ihre Hände unter dem Tisch zusammenpresste. »Als ich herausgefunden hatte, dass dieses Geld zu mir kommt, dachte ich als Erstes, dass ich mir ein anständiges Kleid leisten könne. Meine alten sind ziemlich abgetragen, genauso ist es mit meinem Hut und meiner Jacke…«

»Mach weiter so«, sagte ihr Mann wütend. »Mach weiter so. Das ist genau das, was ich schon sagte: Wenn man dir Geld anvertraut, werden wir bald ärmer sein als zuvor.«

»Ich schäme mich, draußen so gesehen zu werden«, sagte Mrs. Gribble.

»Der Platz einer Frau ist zu Hause«, sagte Mr. Gribble, »und wenn ich mit deinem Aussehen zufrieden bin, interessiert alles andere nicht. Solange ich mich damit wohlfühle, ist das alles, was zählt. Wofür willst du dich schöner anziehen? Nichts sieht schlimmer aus, als eine zu gut angezogene Frau.«

»Was machen wir dann mit all dem Geld?«, fragte Mrs. Gribble mit zittriger Stimme.

»Das reicht jetzt«, sagte Mr. Gribble entschieden. »Das reicht jetzt. Eines schönen Tages wirst du zu weit gehen. Wenn du mir dieses Geld ins Gesicht wirfst, wirst du schon sehen, was du davon hast. Ich habe mein Bestes für dich in all diesen Jahren getan und es gibt keinen Grund anzunehmen, dass ich dies nicht so fortsetzen werde.«

Mrs. Gribble sagte etwas leise vor sich hin, was er nicht genau verstand.

»Was hast du gesagt? Was!«

Mrs. Gribble dreht sich zu ihm hin, mit einem Gesicht, das vor Furcht erbleicht war. »Ich – ich sage, dass es mein Geld ist«, stammelte sie.

Mr. Gribble erhob sich und stand für eine ganze Minute da und starrte sie an. Dann trat er einen Stuhl aus dem Weg und nahm den Hut vom Aufhänger im Gang.

Die Tür wurde so heftig zugeschlagen, dass sie einen Strom von frischer, süßer Luft durch das ganze Haus zirkulieren ließ, und er schritt davon, in Richtung des Grafton Arms Restaurants.

Also er wiederkam, konnte selbst das Spektakel, das seine Frau eifrigst aufführte und dabei demonstrativ ihr altes Kleid zusammenflickte, nicht dazu beitragen, seine gute Stimmung zu verschlechtern.

In frivoler Laune nahm er sogar eine Feder von dem zerlegten Hut auf dem Tisch und steckte sie in ihr Haar.

Er nahm den Stumpen einer starken Zigarre aus dem Mund und, nachdem er eine letzte Rauchwolke ausgestoßen hatte, schmiss er diesen in die Feuerstelle.

»Onkel George tot«, sagte er und schüttelte dabei seinen Kopf. Hatte nicht Vergnügen ihn kennenzulernen, aber guter Mann. Guter Mann.«

Er schüttelte wieder seinen Kopf und starrte mit glasigen Augen auf seine Frau.

»Er war ein Abstinenzler«, bemerkte sie beiläufig.

»War Abstinenzler«, wiederholte Mr. Gribble und betrachtete sie dabei mit starrem Blick. »Guter Mann. Onkel George, toter Abstinenzler.«

Mrs. Gribble packte ihre Arbeit zusammen und begann damit, die Sachen wegzuräumen.

»Bettgehzeit«, lallte Mr. Gribble und ging singend voran nach oben.

Am nächsten Morgen war seine gute Laune verflogen. Nachdem er ein leichtes Frühstück eingenommen hatte, das aus lediglich fünf Tassen Tee bestand, zog er los zur Arbeit, mit langsamen und schwankenden Schritten.

Es war ein wundervoller Frühlingsmorgen und die Idee, dass ein Mann, mit zweihundert Pfund im Jahr und Kopfschmerzen, in ein Lagerhaus zu Arbeit gehen würde, anstatt einen Tag lang spazieren zu gehen, schien ihm fast an Absurdität zu grenzen. Welchen Wert hatte Geld ohne Freiheit? Aber seine Mühsal wurde an diesem Tag versüßt, in dem Bewusstsein, dass er kommen konnte, wann er wollte und auch wieder gehen, wie ein freier Mann, raus ins Sonnenlicht..

Am Ende der Woche hatte er seinen Entschluss gefasst. Jeder Tag, der verging, beginnend mit seinem hastigen Aufstehen und einem verkorksten Frühstück, erschien ihm immer lästiger.

Dann, am Montagmorgen, lehnte er sich zurück in seinem Stuhl, die Hände in den Taschen und die Beine ausgestreckt, und nahm die alarmierenden Hinweise seiner Frau, bezüglich der schnell dahinfliegenden Zeit, mit einem sphinxhaften Lächeln entgegen.

»Es ist zu schön heute, um zur Arbeit zu gehen«, sagte er faul. »Und überhaupt, jeder Tag ist zu schön, um mit Arbeit verschwendet zu werden.«

Mrs. Gribble musste nach Luft schnappen, als sie ihn ansah.

»Also, am Sonntag hab ich mit einer Frist von einer Woche gekündigt«, fuhr er fort, »und nachdem Potts & Co. sich angehört hatten, was ich über sie denke, sagten sie mir, dass sie dies auch ohne die Frist von einer Woche machen würden.«

»Du hast doch wohl nicht deine Arbeit aufgegeben?«, sagte Mrs. Gribble.

Ich habe mit dem alten Potts so gesprochen, wie ein Gentleman mit einem anderen, deren Vermögen sie unabhängig macht«, sagte Mr. Gribble mit einem Lächeln.

»Fünfundzwanzig Shilling pro Woche zahlen sie mir, und das nach fünfundzwanzigjähriger Tätigkeit! Dann hatte er auch noch die Unverfrorenheit, mir zu sagen, dass ich noch nicht einmal das wert wäre. Als ich ihm daraufhin sagte, was er wert sei, sprach er davon, die Polizei zu rufen.«

»Warum siehst du mich so an? Ich habe fünfundzwanzig Jahre hart gearbeitet und hab genug davon. Jetzt bist du dran.«

»In deinem Alter wird es schwer sein, einen anderen Platz zu finden«, sagte seine Frau, »besonders, wenn sie dir keine gute Referenz ausstellen.«

»Arbeitsplatz!«, sagte er und starrte sie an. »Arbeitsplatz! Ich sage dir, ich bin fertig mit der Arbeit. Für einen Mann mit meinen Fähigkeiten ist es absurd, für fünfundzwanzig Shilling pro Woche zu arbeiten.«

»Und mal angenommen, mir passiert etwas«, sagte seine Frau mit sorgenvoller Stimme.

»Das ist nicht sehr wahrscheinlich«, sagte Mr. Gribble.

»Du bist zäh genug, und wenn etwas passiert, geht das Geld an mich.«

Mrs. Gribble schüttelte mit ihrem Kopf.

»WAS?«, brüllte ihr Mann und sprang auf.

»Ich bekomme es nur *mein* Leben lang, Henry, wie ich es dir gesagt habe«, bemerkte Mrs. Gribble, sehr verschreckt. »Ich dachte, du wüsstest, dass die Zahlungen aufhören, wenn ich gestorben bin.«

»Und was wird dann aus mir, wenn dir etwas passierte?«, wollte der bestürzte Mr. Gribble wissen. »Was soll ich dann machen?«

Mrs. Gribble brachte wieder ihr Taschentuch an die Augen.

»Und schwäche deine Konstitution nicht damit, dass du hier herum heulst«, rief der aufgebrachte Ehemann sofort laut aus.

»Was nuschelst du da vor dich hin?«

»Ich sa – sa – sagte, lass uns hoffen, dass du zuerst gehst«, schluchzte seine Frau. »Dann ist alles in Ordnung.«

Mr. Gribble öffnete seinen Mund, und als er realisierte, dass die feine englische Sprache für solche Stressmomente nicht geeignet ist, schloss er ihn wieder. Schließlich brach er sein Schweigen, um sich über Onkel George auszulassen.

»Denk dran«, sagte er, als er seine endlose Rede abschloss, die seine Frau nur mit den Fingern in den Ohren ertragen konnte, »denk dran, ich bin richtiggehend kaputtgemacht worden, von dir und deinem kostbaren Onkel George. Ich habe eine gute Situation aufgegeben, und nun, immer wenn es dir passen würde, mich vom Haken gehen zu lassen, lande ich in der Gosse.«

»Ich versuche es und will um deinetwillen leben, Henry«, sagte seine Frau.

»Denk an meine Sorgen, die ich habe, jedes Mal, wenn du krank bist«, fuhr der entrüstete Mr. Gribble fort.

Mrs. Gribble seufzte. Dann ließ ihr Mann sie wissen, nachdem er noch einige Bemerkungen bezüglich Onkel George gemacht hatte, und auch über seine Vergangenheit und Zukunft, dass er die Absicht habe, zu den Rechtsanwälten zu gehen, um zu sehen, ob etwas unternommen werden könne.

Er kam in einem Zustand wortloser Schwermütigkeit zurück und verbrachte den Rest des wunderschönen Tages im Haus und rauchte eine Pfeife, die viel von ihrem Geschmack verloren hatte.

Mit einem kritischen und besorgten Blick betrachtete er die schmächtige Figur seiner Frau, als sie ihrer Arbeit nachging.

Auch die Zahlung für den zweiten Monat verschwand natürlich wieder in seinen Taschen, aber diesmal hatte Mrs. Gribble keine Wünsche wegen eines neuen Kleids oder einer neuen Wohnstätte. Ein kleiner, nervöser Huster war ihr ganzer Kommentar dazu.

»Hast du eine Erkältung?«, wollte ihr erschreckter Mann wissen.

»Ich denke nicht«, antwortete seine Frau. Sie war überrascht und berührt von seinem ungewöhnlichen Interesse und hustete wieder.

»Hast du es im Hals oder in der Brust?«, fragte er barsch.

Mrs. Gribble hustete wieder, um das festzustellen. Nach fünf weiteren Hustern sagte sie, dass sie denke, es sei in der Brust.

»Es ist dann besser, du gehst heute nicht nach draußen«, sagte Mr. Gribble. »Setze dich keiner Zugluft aus. Ich hole dir eine Flasche mit einer Hustensaftmixtur, wenn ich rausgehe. Wie wäre es, wenn du dich auf das Sofa legst?«

Seine Frau dankte ihm, und als sie das Sofa erreichte, sah sie mit halb geschlossenen Augen, wie er den Frühstückstisch abräumte.

Es war das erste Mal, dass er so etwas in seinem Leben getan hatte und sie konnte auch ihren ehrlichen Stolz über den Besitz eines solchen Hustens nicht verneinen. Zunächst noch undeutlich, erschien ihr, plötzlich und immer klarer, dessen große Nützlichkeit.

Sie nahm die Hustensaftmixtur für eine Woche, am Ende derer sich andere Symptome angekündigt hatten, extrem beunruhigend für einen die Bequemlichkeit liebenden Mann.

Treppensteigen nahm ihr die Luft; das Tragen eines Tabletts mit den Teesachen verursachte ein alarmierendes Seitenstechen.

Als sie zum letzten Mal für immer die Kohlenschublade füllte, fand man sie, zusammengebrochen neben dieser, auf dem Boden sitzend.

»Es ist besser, du gehst zum Arzt«, sagte Mr. Gribble.

Mrs. Gribble ging hin. Einige Jahre zuvor hatte dieser ihr erklärt, dass sie es sich im Leben etwas leichter machen sollte, und nun war sie in der Lage ihm mitzuteilen, dass sie bereit war, seinem Rat zu folgen.

»Und sehen Sie, ich muss nun auch meinem Ehemann zuliebe auf mich aufpassen«, sagte sie, nachdem sie die Angelegenheit ausführlich erklärt hatte.

»Ich verstehe«, sagte der Arzt.

»Wenn mir etwas passiert…«, sagte die Patientin.

»Nichts wird passieren«, sagte er. »Bleiben Sie morgen früh im Bett und ich komme vorbei, um sie wieder instand zu setzen.«

Mrs. Gribble zögerte. »Sie mögen mich untersuchen und ich denke, das ist auch in Ordnung«, wendete sie ein, »aber gleichzeitig würden Sie nicht wissen, wie ich mich fühle.«

»Ich weiß sehr wohl, wie Sie sich fühlen«, war die Antwort. »Auf Wiedersehen!«

Am nächsten Morgen kam er vorbei.

Er folgte dem niedergeschlagenen Mr. Gribble nach oben und machte eine lange und sorgfältige Untersuchung seiner Patientin.

»Sagen Sie neunundneunzig«, sagte er und adjustierte sein Stethoskop.

Mrs. Gribble sagte »neunundneunzig«, bis die Ohren ihres Mannes wehtaten.

Der Arzt war schließlich fertig, packte seine Tasche und stand nachdenklich da, mit dem Bart in seiner Hand. Dann schaute er von der kleinen, weißgesichtigen Frau auf dem Bett, zu der massigen Gestalt von Mr. Gribble und wieder zurück zu ihr.

»Sie bleiben besser die ganze Woche im Bett«, sagte er entschieden. »Die Ruhe wird Ihnen guttun.«

»Nichts Ernsthaftes nehme ich an?«, sagte Mr. Gribble nervös, als er auf dem Weg nach unten in den kleinen Salon voranging.

»Mit der richtigen Pflege sollte sie in Ordnung sein«, war die Antwort.

»Pflege?«, sagte der Ehemann erschreckt Weise. »Was ist los mit ihr?«

»Sie ist nicht sehr stark«, sagte der Arzt, »und Herzen werden im Alter nicht besser, wie Sie wissen. Unter günstigen Umständen sollte das noch einige Jahre gut gehen. Das Wichtigste dabei ist, dass man sie nicht bei irgendetwas behindert. Lassen Sie ihr in allen Dingen ihren eigenen Willen.«

»Ihren eigenen Willen in allen Dingen?«, wiederholte der sprachlose Mr. Gribble.

Der Arzt nickte. »Lassen Sie nie zu, dass sie sich über etwas Sorgen macht«, fuhr er fort, »und vor allen Dingen, werfen Sie ihr nie einen Fehler vor.«

»Keinen?«, sagte Mr. Gribble sehr deutlich – »nicht mal einen, auch wenn es zu ihrem eigenen Vorteil gedacht ist?«

»Nur wenn Sie das Risiko eingehen wollen, sie zu verlieren.«

Mr. Gribble erschauderte.

»Gönnen Sie ihr eine ruhige Zeit«, sagte der Arzt, der seinen Hut nahm. »Verwöhnen Sie sie, wenn Sie wollen, das wird ihr nicht schaden. Aber vor allen Dingen lassen Sie ihr Herz nicht in Aufregung geraten.«

Er schüttelte die Hand des wie versteinert dastehenden Mr. Gribble und ging fort. Er kannte viele Leute, die er mochte, aber dieser Mr. Gribble war keiner von ihnen.

Für zwei Tage machte der hingebungsvolle Ehemann die Hausarbeit und sorgte sich um die Kranke. Dann wurde er der Sache überdrüssig und, aufgrund eines Vorschlags seiner Frau, wurde ein junges Mädchen als Dienstmagd engagiert.

Sie machte auch den größten Teil der Krankenpflege und, da sie eine große Leidenschaft für Empfindungen hatte, warf sie auch einen intensiven Blick auf den allgemeinen Zustand ihrer Herrin.

Es war eine Erleichterung für Mr. Gribble, als seine Frau wieder die Treppe herunterkam, und er war erfreut zu sehen, dass sie schon wieder viel besser aussah. Seine Zufriedenheit war so ausgeprägt, dass er sie sofort wieder dazu brachte, zu husten.

»Ich denke, es ist dieses Haus«, sagte sie mit einem resignierenden Lächeln. »Es hat nie mit mir harmoniert.«

»Nun, du hast darin viele Jahre gelebt«, sagte ihr Mann, der sich nur mit Mühe beherrschen konnte.

»Es ist ziemlich dunkel und klein«, sagte Mrs. Gribble, »aber nichts, was nicht gut genug für mich wäre. Ich wage zu behaupten, dass es meine Zeit überdauern wird.«

»Unsinn«, sagte ihr Mann unwirsch. »Du solltest ein wenig öfter nach draußen gehen. Du hast ohnehin nichts mehr zu tun, seit wir all das Geld für eine Dienstmagd verschwenden. Warum machst du nicht einige kleine Spaziergänge?«

Mrs. Gribble machte das, nach mehreren Aufforderungen, und das Ergebnis einer dieser Ausflüge wurde Mr. Gribble ein paar Tage später vom Postboten übergeben.

Er erstickte fast an der Wut und dem Erstaunen, als er bei seiner zitternden Frau stand, mit der ersten Rechnung eines Stoffhändlers in der Hand, die er je erhalten hatte.

»Ein Pfund, zwei Shilling, drei Pence und drei Viertelpennys!«, trug er vor. »Das ist sicher ein Versehen und die Rechnung muss für jemand anders bestimmt sein.«

Mrs. Gribble fasste mit der Hand in ihre Herzgegend, trottete zum Sofa und lag dann mit geschlossenen Augen da.

»Ich habe einiges Material für ein Kleid gebraucht«, sagte sie mit zitternder Stimme. »Du willst, dass ich nach draußen gehe, aber ich bin so schäbig angezogen, dass ich mich schäme, gesehen zu werden.«

Aus der Kehle von Mr. Gribble kamen dumpfe Geräusche. Da er Angst vor seiner eigenen Reaktion hatte, ging er raus in den Garten, setzte sich auf einen umgedrehten Eimer und dachte, mit dem Kopf in seinen Händen, angestrengt an die Zukunft.

Die Rechnung der Schneiderin und die Rechnung für einen neuen Hut kamen nach der nächsten monatlichen Zahlung und, einen Monat später, eine Rechnung für Schuhe.

Er erhoffte sich viel von dem allseits bekannten, heilenden Effekt von feinem Leder und schaffte es so, die Angelegenheit würdevoll zu überstehen.

Beim einzigen Mal, wo er seinen Gefühlen freien Lauf gelassen hatte, legte sich Mrs. Gribble für zwei Tage ins Bett, und der Arzt hatte eine ernsthafte Unterredung mit ihm an der Türschwelle.

Es war ein großes Ärgernis für ihn, dass seine Frau ihre schlechte Gesundheit auf die Enge und Dunkelheit des Hauses schob und die Tatsache, dass nur noch zwei Häuser in Charlton Grove übrig waren, verursachten eine merkliche Krise seiner Laune.

Es war klar, dass sie schwächelte, und die kleine Dienstmagd ging sogar soweit, zu sagen, dass sie dahinscheiden würde.

Sie zogen im Septemberquartal um, und eine leichte, aber nur vorübergehende Besserung des Gesundheitszustands von Mrs. Gribble, war die Folge.

Ihre Backen erröteten wieder und ihre Augen glänzten wegen der neuen Vorhänge und dem neuen Linoleum. Der gefliese Boden vor dem Kamin und das Buntglas in der Eingangstür erfüllten sie mit tiefer und feierlicher Dankbarkeit.

Die einzige Sache, die sie störte, war die Tatsache, dass Mr. Gribble vorgab, dass sie einen unangemessenen Teil für persönlichen Luxus ausgeben würde, um die Verschwendung von Geld für notwendige Anschaffungen zu behindern.

»Wir brauchen einige neue Sachen für die Küche«, sagte sie eines Tages.

»Kein Geld«, sage Mr. Gribble lakonisch.

»Und einen Vorleger für das Bad.«

Mr. Gribble stand auf und ging nach draußen.

Für alles musste sie ihn fragen. Zweihundert im Jahr und nicht einen Penny, den sie ihr eigen nennen konnte!

Sie konsultierte ihr Herz und dieses treue Organ antwortete mit einem Satz, der ihre Nerven zittern ließ. Wenn sie nur ihren Mut bis zu dem letzten Punkt steigern könnte, wäre die Angelegenheit ein für alle Mal erledigt.

Blass und zittrig saß sie am 1. November am Frühstückstisch und wartete auf den Briefträger, während der ahnungslose Mr. Gribble mit dem Essen fortfuhr.

Die doppelten Klopfer an den Haustüren, die Straße hinunter, kamen näher und näher. Mr. Gribble wischte sich über den Mund, setzte sich aufrecht hin, mit einem Hauch von Wachsamkeit und behaglichem Interesse. Schnelle Schritte kamen zur Eingangstür, und ein doppeltes Klopfen folgte.

»Immer pünktlich«, sagte Mr. Gribble gut gelaunt.

Seine Frau gab keine Antwort, nahm aber den blau gekreuzten Umschlag von dem Dienstmädchen in ihre zittrigen Finger und schaute sich nach einem Messer um. Ihr Blick nahm die ausgestreckte Hand von Mr. Gribble wahr, beachtete sie aber nicht.

»Nach dir«, sagte er daraufhin kurz.

Mrs. Gribble fand das Messer, bearbeitete den Umschlag mit noch immer zitternden Fingern und schaute hinein. Mit ihrem Blick auf das Fenster fixiert, tastete sie nach ihrer Tasche, wo sie ihn hineinsteckte. Sie war so bleich und bebte so stark, dass die Worte auf den Lippen ihres Mannes verschwanden.

»Es ist – alles in Ordnung«, keuchte seine Frau.

Sie legte ihre Hand an ihre Kehle und, kaum in der Lage an ihren Erfolg zu glauben, schnappte sie nach Luft.

Vor ihr saß ihr Mann, verbissen und aufrecht, in hilfloser und schwelender Wut.

»Du könntest ihn verlieren«, sagte er schließlich.

»Ich werde ihn nicht verlieren«, sagte seine Frau.

Um eine weitere Auseinandersetzung zu vermeiden, erhob sie sich und ging nach oben. Durch den Türrahmen hindurch konnte Mr. Gribble sehen, wie sie sich am Geländer hochzog, ihre linke Hand immer noch an ihrer Kehle. Dann hörte er, wie sie langsam oben im Schlafzimmer herumging.

Er nahm seine Pfeife heraus und stopfte sie mit mechanischen Bewegungen. Gerade als er ein Streichholz an den Tabak halten wollte, hielt er inne und starrte mit verdutztem Gesicht an die Decke.

»Ich will verdammt sein«, brummte er, »wenn sich das nicht so anhört, als würde jemand tanzen!«

EINEN SCHRITT ZURÜCK

»Eine erstaunliche Verbesserung«, sagte Mr. Jack Mills. »Zeig sie mir noch einmal.«

Mr. Simpson nahm die Pfeife aus seinem Mund, öffnete seine Lippen und entblößte seine neuen Zähne.

»Und du sprichst auch anders und besser«, sagte Mr. Mills, der sein Glas vom Tresen nahm und es leerte, »du hast nicht mehr dieses dämliche Lispeln von vorher. Was meinte deine Frau dazu?«

»Sie hat sie noch nicht gesehen«, sagte der andere. Sie wurden erst heute eingesetzt und ich habe schon mein Mittagessen mit ihnen eingenommen.«

»Mr. Mills drückte nochmals seine Bewunderung aus. »Wenn dein Haar und dein Backenbart nicht so weiß wären, würdest du wieder wie dreißig aussehen«, sagte er langsam. »Wie alt bist du?«

»Dreiundfünfzig«, sagte sein Freund. »Wenn ich mich nicht damit lächerlich machen würde, hätte ich schon oft daran gedacht, den Bart abzunehmen und meine Haare schwarz zu färben. Die Leute denken bereits, ich sei sechzig.«

»Oder siebzig«, fuhr Mr. Mills fort. »Ist doch egal. Was macht es denn, wenn die Leute lachen? Du hast reichlich Haare auf dem Kopf und die würden sich schön färben lassen.«

Mr. Simpson schüttelte seinen Kopf, bestellte zwei Gläser Bitterbier und blieb still.

»Man könnte es auch nach und nach machen«, brach er, nach einer langen Unterbrechung, sein Schweigen. »Es ist nicht gut, wenn man alt aussieht und in einem Lagerhaus arbeitet.«

»Mach es gleich richtig«, empfahl Mr. Mills, der sich schon auf ein kleines und billiges Vergnügen freute. »Bring es hinter dich und fertig! Du hast gute Voraussetzungen, und sauber rasiert siehst du sicher fantastisch aus.«

Mr. Simpson lächelte zaghaft.

»Gerade am letzten Mittwoch hat die Barfrau nach dir gefragt«, fuhr Mr. Mills fort.

Mr. Simpson lächelte wieder.

»'Wo ist der Großvater?', sagte sie. Als ich daraufhin mit einiger Verwunderung fragte, 'wen meinst du damit?', sagte sie snippisch, 'den Weihnachtsmann!'«

»Wenn du ihr jetzt sagen würdest, dass du erst dreiundfünfzig Jahre alt bist, würde sie dir ins Gesicht lachen.«

»Lass sie doch lachen«, sagte der andere etwas säuerlich.

»Komm und nimm ihn ab«, sagte Mr. Mills mit ernster Stimme. »Es gibt einen Friseur in der Bird Street. Bei ihm kannst du ins Hinterzimmer gehen, wo er einen Penny mehr verlangt. Dort kannst du es machen lassen, ohne dass es jemand mitkriegt.«

Er legte seine Hand auf Mr. Simpsons Schulter, und dieser schaute in die Richtung des belustigten, sich aber dennoch seiner Missetat nicht bewussten Übeltäters. Er erhob sich wie hypnotisiert und folgt ihm nach draußen.

Auf dem Weg zur Bird Street hielt Mr. Simpson zweimal an und sagte, dass er seine Meinung geändert habe; aber zweimal bewirkten der Anschub von Mr. Mills rechter Hand und seine schmeichlerischen Argumente, dass er sie erneut änderte und weiterging.

Es war eine Erleichterung für Mr. Simpson, dass der Friseur seine Wünsche entgegennahm, ohne in irgendeiner Weise überrascht zu sein. Er sagte sogar, dass ein älterer Mann von achtundsiebzig Jahren die gleiche Behandlung, aus einem ähnlichen Grund, hatte machen lassen und dann, sechs Wochen später, heiratete. Das Alter der Braut wurde mit vierundzwanzig angegeben, obwohl man munkelte, dass sie wohl etwas älter gewesen war.

Ein Schnitt mit der Schere und fünfzehn Zentimeter eines weißen Bartes fielen auf den Boden. Dann fühlte Mr. Simpson, zum ersten Mal seit dreißig Jahren, ein Rasiermesser auf seinem Gesicht.

Seine Haare wurden geschnitten, gewaschen und gefärbt. Eine Stunde später saß er da und starrte mit verwunderten Augen auf einen dunkelhaarigen, glatt rasierten Mann im Spiegel – ein schmalwangiger, gut aussehender Mann der, unter günstigen Lichtverhältnissen, als Vierzigjähriger durchgehen könnte.

Er drehte sich herum und traf auf die bewundernden Augen von Mr. Mills.

»Was habe ich dir gesagt?«, bemerkte Letzterer. »Du siehst jung genug aus, dein eigner Sohn sein zu können.«

»Oder der Enkel«, sagte der Friseur mit beruflichem Stolz.

Mr. Simpson erhob sich langsam von seinem Stuhl und ging raus auf die Straße, begleitet vom beeindruckten Mr. Mills.

Der Abend war noch jung und, aufgrund des Vorschlags von Mr. Mills, gingen sie zurück in die 'Plume of Feathers' Bar.

»Mach du die Bestellung«, sagte Mr. Mills. »Mal sehen, ob sie dich erkennt.«

Mr. Simpson gehorchte.

»Erkennen Sie ihn nicht?«, fragte Mr. Mills, als sich das Barmädchen wegdrehen wollte.

»Ich denke, ich hatte noch nicht das Vergnügen«, sagte das Mädchen und lächelte affektiert.

»Der älteste Sohn vom Großvater, dem Weihnachtsmann«, sagte Mr. Mills.

»Oh!«, sagte das Mädchen, »dann hoffe ich doch, dass er ein besserer Mann ist, als sein Vater.«

»Was meinen Sie damit?«, fragte Mr. Simpson und wurde sich zugleich der besonderen Aufmerksamkeit seines Freundes bewusst.

»Nichts«, sagte das Mädchen. »Wir könnten alle etwas besser sein, könnten wir das nicht? Er ist ein netter, einfacher alter Herr.«

»Sie hat überhaupt keinen Schimmer, wer du bist«, sagte Mr. Mills, als sie sich wegdrehte. »Also, wenn du mich fragst, glaube ich sogar, dass dich deine eigene Frau nicht wiedererkennen wird.«

»Blödsinn«, sagte Mr. Simpson, »meine Frau würde mich immer und überall erkennen. Wir sind über dreißig Jahre verheiratet. Dreißig Jahre zusammen, mit Sonnenschein und Schatten. Du bist Junggeselle und verstehst nichts davon.«

»Vielleicht hast du recht«, sagte sein Freund. »Es wird ihr aber dennoch einen gehörigen Schreck versetzen. Was würdest du dazu sagen, wenn ich um die Ecke gehe und ihr vorsichtig die Nachrichten überbringe? Es käme sonst ein wenig plötzlich, weißt Du. Sie erwartet einen weißhaarigen, alten Herrn und keinen schwarzhaarigen Jungen.«

Mr. Simpson schaute ein wenig unwohl drein. »Vielleicht hätte ich ihr vorab davon erzählen sollen«, murmelte er und verdrehte seinen Kopf, um in den Spiegel hinter der Bar zu blicken.

»Ich gehe und bring das für dich in Ordnung«, sagte sein Freund. »Inzwischen bleibst du hier und rauchst deine Pfeife.«

Er ging flugs nach draußen, aber seine Schritte verlangsamten sich, als er dem Haus näher kam.

»Ich – ich – bin – wegen ihres Mannes gekommen«, stammelte er, als Mrs. Simpson die Tür öffnete und ihn betrachte.

»Was ist los?«, rief sie mit einem schwachen Schrei aus. »Was ist mit ihm passiert?«

»Nichts«, sagte Mr. Mills hastig. »Wirklich nichts Ernsthaftes. Ich bin nur hergekommen, um sie zu warnen, damit sie in der Lage sein werden, ihn zu erkennen.«

Mrs. Simpson stieß einen Schrei aus, der ein Klingeln in seinen Ohren hinterließ. Dann stütze sie sich an der Wand ab und torkelte ins vordere Zimmer, gefolgt von einem sich unbehaglich fühlenden Mr. Mills und sank in einen Stuhl.

»Er ist tot!«, schluchzte sie. »Er ist tot!«

»Nein, ist er nicht«, sagte Mr. Mills.

»Ist er schwer verletzt? Stirbt er?«, keuchte Mrs. Simpson.

»Es sind nur seine Haare«, sagte Mr. Mills und fuhr krampfhaft fort. »Er ist in keiner Weise verletzt.«

Mrs. Simpson betupfte ihre Augen. Sie saß da und sah ihn mit fassungslosem Erstaunen an. Ihr Doppelkinn zitterte immer noch vor Erregung, aber ihr Blick wurde fester.

»Von was faseln Sie da?«, fragte sie mit kratziger Stimme.

»Er war beim Friseur«, sagte Mr. Mills. Er hat sich den ganzen weißen Bart abmachen lassen, die Haare wurden kurz geschnitten und schwarz gefärbt.

Und dann, auch wegen der neuen Zähne, dachte ich – dachte er – dass sie ihn vielleicht nicht wiedererkennen, wenn er nach Hause kommt.«

»Gefärbt?«, schrie Mrs. Simpson heraus und sprang auf die Füße.

Mr. Mills nickte. »Er sieht zwanzig Jahre jünger aus«, sagte er. Er würde überall als sein eigener Sohn durchgehen.«

Die Augen von Mrs. Simpson zuckten. »Vielleicht geht er als mein Sohn durch«, bemerkte sie.

»Ja, ganz leicht«, sagte Mr. Mills taktvoll. »Sie können sich nicht vorstellen, welche Veränderung es mit ihm gemacht hat. Das ist der Grund, warum ich zu Ihnen gekommen bin – damit Sie nicht erschreckt werden.«

»Ich danke Ihnen«, sagte Mrs. Simpson. »Ich bin Ihnen sehr zu Dank verpflichtet. Sie hätten sich aber die Mühe sparen können. Ich würde meinen Ehemann jederzeit erkennen.«

»Nun, das ist, was Sie denken«, erwiderte Mr. Mills, »aber das Barmädchen im 'Plume' hat ihn nicht erkannt. Da dachte ich, es wäre besser, herzukommen, um Sie vorzubereiten.«

Mrs. Simpson starrte ihn fassungslos an: »Das Barmädchen?«

»Ich habe zu mir gesagt«, fuhr Mr. Mills fort, »wenn das Barmädchen ihn schon nicht erkennt, bin ich sicher, dass es auch seine Frau nicht kann und ich würde besser...«

»Sie gehen besser«, unterbrach ihn seine Gastgeberin.

Mr. Mills stand auf und stolzierte aufrecht hinter ihr her zur Tür.

»Und was ihre Geschichte angeht, glaube ich kein Wort davon«, sagte Mrs. Simpson.

»Was auch immer mein Mann ist, er ist kein Idiot«, bemerkte sie, »und er denkt genauso wenig dran, sich seinen Bart abschneiden oder seine Haare färben zu lassen, wie Sie daran denken, die Wahrheit zu sagen.«

»Sehen ist Glauben«, sagte der beleidigte Mr. Mills mit finsterer Stimme.

»Ich werde warten, bis ich es sehe und dann werde ich es nicht glauben«, war die Antwort. »Es ist ein ausgemachtes Spiel zwischen Ihnen und einem anderen Vollidioten, denke ich. Aber Sie können mich nicht täuschen. Wenn ihr schwarzhaariger Freund hierher kommt, kriegt er was ab, das kann ich Ihnen sagen.«

Während er noch protestierte, schlug sie die Tür zu, ging zurück in den Salon und schaute mit feurigen Augen in den Spiegel über dem Kaminsims. Dieser reflektierte einhundert Kilo englische Fraulichkeit, ein dünnes Büschel gelblich-grauer Haare und ein Paar blasse Augen, die durch eine Brille schauten.

»Na klar doch, der Sohn!«, sagte sie mit bebenden Lippen. »Warte nur, bis du nach Hause kommst, meine gefärbte Lordschaft!«

Mr. Simpson hatte schon eine Vorahnung, als er eine Stunde später zurück nach Hause kam. Für einen Mann, der Frieden und Ruhe liebte, war der Bericht von Mr. Mills sicherlich nicht beruhigend.

An der Türschwelle zögerte er für ein paar Sekunden, während er nach seinem Schlüssel tastete. Dann summte er unbekümmert vor sich hin, hing seinen Hut im Gang auf und marschierte in den Salon.

Dort erinnerte ihn der erstaunte Schrei seiner Frau daran, dass Mr. Mills keinesfalls übertrieben hatte.

Sie erhob sich von ihrem Sitz, drückte sich an den Kamin und betrachtete ihn mit einer Mischung aus Zorn und Bestürzung.

»Es – es ist alles in Ordnung, Milly«, sagte Mr. Simpson mit einem Lächeln, das seine blendenden Zähne offenlegte.

»Wer sind Sie?«, wollte Mrs. Simpson wissen. »Wie können Sie es wagen, mich mit meinem Vornamen anzureden. Sie haben Glück, dass mein Mann jetzt nicht hier ist.«

»Er würde mir nichts tun«, sagte Mr. Simpson und versuchte dabei scherzhaft zu klingen. »Er ist der beste Freund, den ich jemals hatte, denn wir haben in der gleichen Krippe geschlafen.«

»Ich will nichts mehr von ihrem Unsinn hören«, sagte Mrs. Simpson. »Sie verschwinden besser aus meinem Haus, bevor ich die Polizei rufe. Wie können Sie es wagen, in dieser Art und Weise in das Haus einer anständigen Frau zu kommen? Hauen Sie ab!«

»Nun, schau mal her, Milly…«, begann Mr. Simpson.

Seine Frau erhob sich zu ihrer vollen Höhe von einem Meter fünfzig.

»Ich hatte einen Haarschnitt und eine Rasur«, fuhr ihr Mann fort. »Ich habe mir auch mein Haar in seine ursprüngliche Farbe zurückversetzen lassen. Ich bin aber immer noch der gleiche Mann und du weißt das.«

»Ich weiß absolut nichts von dem«, sagte seine Frau hartnäckig. »Ich kenne Sie überhaupt nicht. Ich habe Sie nie zuvor gesehen und ich möchte Sie auch nicht wiedersehen. Verschwinden Sie.«

»Ich bin dein Ehemann und mein Platz ist zu Hause«, antwortete Mr. Simpson. »Ein Mann kann doch eine Rasur machen lassen, kann er das nicht? Wo ist mein Abendessen?«

»Verschwinden Sie«, sagte seine Frau. »Machen Sie nur weiter so. Seien Sie aber vorsichtig, dass mein Mann nicht hereinkommt und Sie zu fassen kriegt.«

Mr. Simpson starrte sie unbeweglich an und dann, mit einer ungeduldigen Äußerung, ging er in die kleine Küche und begann damit, das Abendessen zu richten.

Ein kalter Rinderbraten, ein Glas Gurken, Brot, Butter und Käse, ergaben einen appetitanregenden Anblick.

Dann nahm er einen Krug von der Kommode und ging hinunter in den Keller.

Ein eigenartiges, melodisches Kitzeln überkam Mrs. Simpson, als sie an der Salontür stand und heimlich in Richtung des Kellers gezogen wurde. Der Schlüssel war im Schloss und, mit einer plötzlichen Bewegung, schloss sie die Tür und drehte den Schlüssel um. Ein scharfer Schrei von Mr. Simpson bestätigte sein Unbehagen.

»Nun gehe ich zur Polizei«, rief seine Frau.

»Sei keine Närrin«, rief Mr. Simpson, der wild an der Türklinke rüttelte. »Öffne die Tür!«

Mrs. Simpson blieb still und ihr Mann fuhr fort mit seinen Bemühungen, bis der Türgriff, der nicht an solcherlei Misshandlung gewöhnt war, abging. Ein plötzlich folgendes Klappergeräusch auf der Kellertreppe bestätigte der Zuhörerin, dass er ihn nicht absichtlich herausgerissen hatte.

Sie stand für einige Momente da und wägte die Dinge ab. Es war eine kräftige Tür, die sich nach innen öffnete. Schließlich nahm sie ihre Haube vom Haken in der Küche und ging gemächlich zur Straßentür, um die Sache mit einem ihrer Brüder zu besprechen, der nur ein paar Türen weiter wohnte.

»Armer, alter Bill«, sagte Mr. Cooper, als sie fertig war. »Es hätte für ihn aber schlimmer kommen können, denn er ist jetzt da unten, zusammen mit dem Bierfass.«

»Es ist nicht Bill«, sagte Mrs. Simpson.

Mr. Cooper kraulte seinen Bart und schaute auf seine Frau.

»Sie muss es eigentlich wissen«, sagte er zu ihr. »Wir kommen mit und sehen uns ihn an.«

Mrs. Simpson dachte nach und schaute ihn dabei zweifelnd an.

»Ja, kommt mit und esst etwas«, sagte sie schließlich. »Es gibt ein schönes Stück Rindfleisch und Gurken.«

»Und Bill – ich meine den Fremden – der sitzt unten auf dem Bierfass«, sagte Mr. Cooper bedrückt.

»Du kannst dein Bier mitbringen«, sagte seine Schwester scharf. »Komm mit!«

Mr. Cooper grinste, packte zwei Flaschen Bier in seine Manteltaschen und folgte den beiden Damen ins andere Haus.

Als er schließlich am Küchentisch saß, musste er wieder grinsen, als er das ständige Hämmern an der Kellertür hörte. Seine Frau lächelte ebenfalls und ein schwacher, säuerlicher Versuch in der gleichen Richtung, erschien auf dem Gesicht von Mrs. Simpson.

»Öffne die Tür!«, brüllte eine aufgebrachte Stimme. »Öffne die Tür!«

Mrs. Simpson zeigte ihrem Bruder und seiner Frau, dass sie still sein sollten, indem sie einen Finger hob, und fuhr fort, das Fleisch zu schneiden. Ein Geklapper von Messern und Gabeln folgte.

»Öff-ne-die-Tür!«, schrie die Stimme wieder.

»Nicht so viel Krach bitte!«, befahl Mr. Cooper. »Ich kann nichts beim Essen hören.«

»Bob!«, sagte die Stimme mit einer gewissen Erleichterung, als er den Schwager erkannte, »Bob! Komm her und lass mich raus.«

Mr. Cooper legte seine riesige Hand über den Mund und kämpfte aufrichtig mit seinen Gefühlen.

»Wen nennst du da Bob?«, verlangte er, zu wissen, mit unsicherer Stimme. »Bleib, wo du bist. Ich habe alles über dich gehört. Ich bleibe hier, bis mein Schwager zurückkommt.«

»Ich bin es, Bob«, sagte Mr. Simpson – »Bill.«

»Ja, aber ich frage mich«, sagte Mr. Cooper, »wenn du Bill wärst, warum hast du dann nicht Bills Stimme?«

»Lass mich raus und schau mich an«, sagte Mr. Simpson.

Daraufhin kam ein schwacher Schrei von beiden Damen, gefolgt von Protesten.

»Erschreckt euch nicht«, sagte Mr. Cooper zu deren Beruhigung, »ich bin nicht erst gestern geboren worden. Ich will keinen Schlag auf den Kopf kriegen.«

»Es ist alles ein Missverständnis, Bob«, sagte der Gefangene flehend. »Ich hatte nur eine Rasur, einen Haarschnitt – und die Haare wurden ein wenig gefärbt. Ja, und neue Zähne habe ich auch. Wenn du die Tür öffnest, wirst du mich sofort erkennen.«

»Wie wäre es«, sagte Mr. Cooper leise, indem er sich seiner Schwester zuwandte und mit ungewöhnlicher Klarheit sprach – »wie wäre es, wenn du die Tür öffnen würdest und dann, wenn er seinen Kopf heraussteckt, ziehe ich ihm einen mit dem Schürhaken über?«

»Du machst es jetzt«, sagte die Stimme hinter der Tür, ziemlich aufgeregt. »Du weißt ganz genau, wer ich bin, Bob Cooper. Ich will jetzt nichts mehr von deinem Unsinn hören. Milly hat dich dazu aufgestachelt.«

»Wenn deine Frau nicht weiß, wer du bist, wieso denkst du, dass ich es kann?«, sagte Mr. Cooper.

»Also, schau her. Du bleibst ruhig, bis mein Schwager nach Hause kommt. Wenn er wirklich nicht nach Hause kommt, könnte es vielleicht wahrscheinlicher werden, zu denken, dass du er bist.«

»Wenn er bis morgen früh nicht zu Hause ist, werden wir mal nachsehen bei…«

»Psst! Psst! Denk dran, dass die Damen anwesend sind!«, sagte Bill.

»Das reicht«, sagte Mrs. Cooper, die zum ersten Mal sprach. »Mein Schwager würde niemals so sprechen.«

»Ich würde ihm das auch nie verzeihen, wenn er das täte«, sagte ihr Mann andächtig.

Er schenkte sich noch ein Glas Bier ein und genoss weiterhin sein Abendessen.

Die Unterhaltung richtete sich auf das Wetter und von dort, auf den Preis von Kartoffeln.

Verzweifelte Versuche durch den Gefangenen, an der Unterhaltung teilzunehmen, um ihr eine persönlichere Wendung zu geben, wurden ignoriert.

Schließlich trat er mit monotoner Hartnäckigkeit gegen die Tür.

»Hör auf damit!«, rief Mr. Cooper.

»Das werde ich nicht«, sagte Mr. Simpson.

Der Krach wurde unerträglich. Mr. Cooper, der sich gerade die Pfeife angesteckt hatte, legt sie wieder auf den Tisch und schaute rundum auf die Anwesenden.

»Er wird die Tür bald kaputtgemacht haben«, sagte er und stand auf.

»Hallo, du da!«

»Hallo!«, sagte der andere.

»Du sagst, dass du Bill Simpson bist«, sagte Mr. Cooper und stoppte Mrs. Simpson mit dem Zeigefinger, die gerade dabei war, zu unterbrechen.

»Wenn es so ist, erzähl uns etwas, das nur du wissen kannst, etwas, das auch wir kennen und womit du dich identifizieren kannst. Dinge aus deiner Vergangenheit.«

Ein seltsames Geräusch erklang hinter der Tür.

»Es hört sich so an, als würde er schmatzen«, sagte Mrs. Cooper zu ihrer Schwägerin, die Mr. Cooper aufgeregt ansah.

»Sehr gut«, sagte Mr. Simpson. »Dem stimme ich zu. »Wer ist jetzt anwesend?«

»Ich und meine Frau und Mrs. Simpson«, sagte Mr. Cooper.

»Er schmatzt wieder«, flüsterte Mrs. Cooper. Vielleicht hat er sich über das Bier hergemacht.«

»Lass uns fünfzehn Jahre zurückgehen«, sagte Mr. Simpson in nachdenklichem Ton. »Erinnerst du dich an das Mädchen mit den kupferfarbenen Haaren, die in der John Street gewohnt hat?«

»Nein«, sagte Mr. Cooper laut und unmittelbar.

»Erinnerst du dich, als du eines Tages zu mir kamst – zwei Tage nach dem Valentinstag war das – weiß wie Kalk und zitternd wie ein Blatt...«

»Nein!«, brüllte Mr. Cooper.

»Gut, dann muss ich etwas anderes versuchen«, sagte Mr. Simpson philosophisch. »Geh in deinen Gedanken zehn Jahre zurück, Bob Cooper…«

»Schau her!«, sagte Mr. Cooper, als er sich mit einem entsetzten Lächeln umdrehte. »Es ist besser, wir gehen jetzt nach Hause, Mary. Ich möchte mich nicht in die Dinge anderer Leute einmischen. Das habe ich nie gemacht.«

»Du bleibst, wo du bist«, sagte seine Frau.

»Zehn Jahre«, wiederholte die Stimme hinter der Tür. »Da gab es ein neues Barmädchen im 'Crown' und dann, eines Nachts, hast du…«

»Wenn ich mir jetzt noch mehr von diesem Unsinn anhöre, platzt mir der Kragen«, bemerkte Mr. Cooper wehleidig.

»Mach weiter«, insistierte Mrs. Cooper mit grimmiger Stimme. »Eines Nachts…«

»Schon gut«, sagte Mr. Simpson. »Es ist nicht so wichtig. Aber kann er mich jetzt identifizieren? Denn wenn das nicht der Fall ist, habe ich noch eine einiges mehr, was ich versuchen kann.« Der geplagte Mr. Cooper schaute sich flehentlich um.

»Wie kannst du von mir erwarten, dass ich dich erkenne…«, begann er und hielt plötzlich inne.

»Geh dann eben zurück zu den Tagen deines Werbens um die Frauen«, sagte Mr. Simpson, »als Mrs. Cooper noch nicht Mrs. Cooper war, sondern nur sein wollte.«

Mrs. Cooper zitterte und so tat es auch Mr. Cooper.

»Und du bist zu mir gekommen, um dir Rat zu holen«, fuhr Mr. Simpson fort, in nostalgischer Weise, «denn da gab es noch ein anderes Mädchen, bei dem du dir nicht sicher warst, und du wolltest sie nicht beide verlieren. Kannst du dich erinnern, als du mit den beiden Fotos dagesessen bist – eines auf jedem Knie – und versucht hast, dich zu entscheiden?«

»Was für eine blühende Fantasie«, sagte Mr. Cooper, der sehr blass war, als er seine Frau anlächelte.

»Hör nur, was er sagt!« »Ich höre ihn«, sagte Mrs. Cooper.

»Bin ich nun Bill Simpson oder bin ich es nicht?«, verlangte Mr. Simpson zu wissen.

»Bill war immer stolz auf seine Scherze«, sagte Mr. Cooper, mit einem Blick auf die Anwesenden, der eine Auster in Bewegung gebracht hätte. »Er war immer stolz darauf, Dinge zu erfinden. Du hast ihn dafür gemocht. Was denkst du, Milly?«

»Er ist nicht mein Mann«, sagte Mrs. Simpson.

»Dann erzähl uns doch etwas über deine Frau«, sagte Mr. Cooper hastig.

»Das traue ich mich nicht«, sagte Mr. Simpson. »Beweist das nicht, dass ich ihr Mann bin. »Aber ich kann dir einiges über deine Frau erzählen.«

»Wage es nicht!«, rief Mrs. Cooper, die knallrot anlief, als sie sich gewahr wurde, welche Geheimnisse so zwischen Mann und Frau unausgesprochen sind.

»Wenn du ein Wort von deinen Lügen über mich erzählst, dann weiß ich nicht, was ich mit dir mache.«

»Gut, dann muss ich mit Bob weitermachen – bis er mich erkennt«, sagte Mr. Simpson geduldig. »Geh in deinen Gedanken zurück...«

»Öffne die Tür und lass ihn heraus«, schrie Mr. Cooper, indem er sich seiner Schwester zuwandte. »Wie kann ich einen Mann durch eine Holztür erkennen?«

Nach einigem Zögern gab Mrs. Simpson ihm den Schlüssel. Im nächsten Moment kam ihr Mann heraus und stand mit den Augen zwinkernd im Licht der Gaslampe.

»Erkennst du mich?«, fragte er und dreht sich zu Mr. Cooper hin.

»Das tue ich«, sagte dieser mit einem grimmigen Gemurmel.

»Ich würde dich immer erkennen«, sagte Mrs. Cooper mit Bestimmtheit.

»Und du?«, sagte Mr. Simpson, an seine Frau gewandt.

»Sie sind nicht mein Mann«, sagte sie hartnäckig.

»Bist du dir sicher?«, sagte Mr. Cooper.

»Sehr sicher.«

»Also gut«, sagte ihr Bruder. »Wenn er nicht dein Mann ist, dann schlage ich ihm den Kopf ab, für die Lügen, die er über mich erzählt hat.«

Er sprang nach vorne, ergriff Mr. Simpson am Kragen und schüttelte ihn so heftig, bis sein Kopf gegen die Kommode prallte.

Im nächsten Moment waren die Hände von Mrs. Simpson in den Haaren von ihrem Bruder.

»Wie kannst du es wagen meinen Mann so zu behandeln«, schrie sie, als Mr. Cooper losließ und ihre Finger ergriff. »Du hast ihm weggetan.«

»Ich habe wohl jetzt eine Gehirnerschütterung«, sagte Mr. Simpson geistesgegenwärtig.

Seine Frau half ihm auf einen Stuhl. Dann befeuchtete sie ihr Taschentuch am Wasserhahn und betupfte den gefärbten Kopf.

Mr. Cooper, der heftig atmete, stand dabei und sah zu, bis seine Frau ihn mit dem Arm berührte.

»Du kommst jetzt mit nach Hause«, sagte sie mit harter Stimme. »Du bist nicht erwünscht. Willst du die ganze Nacht hierbleiben?«

»Das würde ich jetzt gerne machen«, sagte Mr. Cooper wehmütig.

DIE UNBEKANNTE

»Hübsch sein ist nicht zu verachten«, sagte der Mann von der Nachtwache. »Es ist ein alter Spruch, aber er ist wahr.«

Gebt einem Burschen ein gutes Aussehen und all die anderen wertvollen Dinge, die ihm gegeben sind. Wenn dann sein gutes Aussehen weg ist – oder teilweise weg ist – kann er sich glücklich schätzen, eine Anstellung als Nachtwächter zu bekommen oder irgendeinen anderen, harten und schlecht bezahlten Job.

Die Unbekannte / Titelbild

Ein Nachteil für einen gut aussehenden Mann ist, dass er gewöhnlich sehr früh heiratet, nicht etwa, weil er es will, sondern weil jemand anders will, dass er es macht. Und das ist noch nicht einmal das Schlimmste: Ein schöner Bursche, den ich kannte, war gleichzeitig mit fünf Frauen verheiratet und hat sieben Jahre Gefängnis dafür gekriegt. Es war nicht seine Schuld, der arme Bursche, er konnte einfach nicht Nein sagen.

Einer der bestaussehenden Männer, die ich je gesehen hatte, war Kapitän Bill Smithers. Er kam gewöhnlich einmal in der Woche hierher, mit einem Schoner namens 'Wild Rose'.

Das Verrückte war, dass er keine Ahnung von seinem guten Aussehen hatte. Er war einer der ruhigsten und am besten erzogenen Männer, die je auf dem Fluss in London hochgefahren sind. Stellt euch vor, man hat ihm mehr als einmal mit mir verwechselt, schon wegen unserer gleichen Vornahmen. Das fühlte sich großartig an.

Er hatte nicht geheiratet, bis er fast vierzig war und dann machte er den Fehler, eine Frau mit dem Sternzeichen Widder zu heiraten.

Sie war genauso wie der Rest von ihnen – nur schlimmer. Bevor sie verheiratet war, hätte sie Butter in deinem Mund schmelzen lassen, aber als sie ihn mit ihren Leinen fest vertäut hatte, begann sie damit, das alles wieder zu kompensieren.

Während des ersten oder zweiten Monats hat ihm das nichts ausgemacht. Es hat ihm sogar gefallen, dass sie so hinter ihm her war. Als er aber herausfand, dass er das Haus noch nicht einmal für eine halbe Stunde verlassen konnte, ohne dass sie an seiner Seite war, wurde er der Sache schnell müde.

Sie hatte den verrückten Gedanken, dass er zu schön war, um ihm alleine da draußen trauen zu können. Über jede Reise, die er machte, musste er Buch führen, Tag für Tag, über all das, was er mit sich anstellte. Als sie dann noch sagte, dass der Platz einer Frau bei ihrem Mann ist, segelte sie schließlich auf jeder Reise mit.

Was er an ihr gesehen hatte, habe ich nie ergründen können. Ich fragte ihn eines Abends – etwas indirekt – und er antwortete in solch einer langatmigen und ebenfalls indirekten Weise, dass ich mir keinen

Reim darauf machen konnte, bis ich wahrgenommen hatte, dass sie direkt hinter mir stand und zuhörte.

Danach stellte sie Fragen über mich. Ich musste dabei gar nicht lauschen, denn ich hätte sie noch zwanzig Meter weit weg gehört, selbst wenn ich dabei gesungen hätte.

Danach behandelte sich mich, als wäre ich der Dreck unter ihren Schuhen. Sie sprach nie mit mir, redete aber über mich mit anderen Leuten. Sie erwähnte bei ihnen stets die 'Schlafkrankheit' und andere Sachen in dieser Richtung. Sie sagte, dass sie dabei immer irgendwie an Nachtwächter denken müsse, aber nicht genau wüsste, warum und es auch nicht sagen könnte, wenn man sie danach fragen würde.

Es gab dabei aber etwas, für das ich sehr dankbar war – ich war nicht ihr Ehemann. Sie hing an ihm wie sein Schatten, und ich begann darüber nachzudenken, dass es doch schade war, dass sie nichts hatte, worauf sie eifersüchtig sein konnte und auf das sie ihre Gedanken lenken könnte, anstatt auf mich.«

»Ihr müsste eine Lektion erteilt werden«, sagte ich eines Abends zum Skipper. »Wollen sie ihr ganzes Leben verfolgt werden?«

Wenn man sie dazu bringen könnte, die Verrücktheit ihrer Aktionen einzusehen, würde sie vielleicht damit aufhören.

Mein Gedanke war, sie auf eine wilde Verfolgungsjagd zu schicken, und während die 'Wild Goose' fortgesegelt war, dachte ich mir alles aus.

Ich schrieb einen Liebesbrief an den Skipper, unterschrieben mit dem Namen 'Dorothy' und fragte ihn darin, mich Mittwoch um acht Uhr abends am Ufer, bei 'Cleopatra's Needle'* zu treffen. Ich sagte ihm auch, er solle nach einem großen Mädchen Ausschau halten, mit schelmischen, braunen Augen, mit einem blauen Hut mit roten Rosen darauf. (Mrs. Smithers hingegen, war so klein, wie man es nur sein kann).

*(*Nadel der Cleopatra, ein ägyptischer Obelisk in London, von dem das Gegenstück, aus dem ursprünglichen Paar, in New York steht).*

Ich überlas den Brief noch einmal sorgfältig und, nachdem ich ihn mit 'Privat' markiert hatte, zweimal auf der Vorderseite und einmal auf der Rückseite, steckte ich ihn in einen Umschlag, der so lose verschlossen war, dass man ihn hätte aufpusten können, und wartete auf die Rückkehr des Schoners.

An dem betreffenden Tag gab ich einem Lieferjungen zwei Pence, damit er den Brief an Mrs. Smithers übergibt, die alleine auf dem Deck saß, während ihr Mann unten schlief, und ihr sagen sollte, er sei für Kapitän Smithers.

Ich war mit einem Boot in der Nähe beschäftigt, was in diesem Moment sehr hilfreich war. Ich hörte, wie sie ihm sagte, dass sie den Brief nehmen und an ihren Mann aushändigen würde.

Als ich mich vorsichtig herumdrehte, sah ich, dass sie ihn sofort geöffnet hatte. Sie lehnte sich über die Luvseite und versuchte Luft zu holen. Immer wieder schaute sie auf den Brief und öffnete ihren Mund und keuchte.

Nach und nach wurde sie aber ruhiger und, nachdem sie den Brief wieder in den Umschlag gesteckt hatte, leckte sie ihn ab, so heftig, als wollte sie ihn beißen, und steckte ihn wieder weg.

Dann verließ eiligst sie die Anlegestelle und ging hinaus.

Fünf Minuten später kam wieder ein anderer junger Mann, mit dem gleichen Brief, und fragte nach dem Kapitän.

Wer hat ihn dir gegeben?«, sagte der nach oben gekommene Skipper, sobald er wieder in der Lage war zu sprechen.

»Eine Lady«, sagte der junge Bursche.

Der Skipper bedeutete ihm zu verschwinden, und dann lief er auf dem Deck auf und ab, wie ein Mann in einem Traum.

»Schlechte Nachrichten?«, sagte ich und schaute ihm in die Augen.

»Nein«, sagte er, »Nein, nur eine Mitteilung wegen ein paar Kisten Sodawasser.«

Er stopfte den Brief in seine Tasche und saß rauchend auf der Seite des Boots, bis seine Frau nach weiteren fünf Minuten zurückkam und vor guter Laune über das ganze Gesicht strahlte.

»Es ist ein schöner Abend heute«, sagte sie, »und ich denke, ich gehe mal rüber nach Dalston, um meinen Cousin Joe zu besuchen.«

Wie ein Lämmchen stand der Skipper auf und sagte, dass er sich gleich zurechtmachen würde.

»Du brauchst nicht mitzukommen, wenn du dich müde fühlst«, sagte sie und lächelte ihn an.

Der Skipper konnte seinen Ohren kaum trauen.

»Ja, ich fühle mich ein wenig müde«, sagte er dann. »Ich hatte einen schweren Tag und ich sehne mich mehr nach meinem Bett, als nach irgendetwas anderem.«

»Geh du dann rein«, sagte sie. »Ich komme gut alleine klar.«

Sie ging erst nach unten und machte sich zurecht, was für sie eigentlich nicht so wichtig war. Nachdem sie dann seinen Arm getätschelt und mir einen Blick zugeworfen hatte, der die meisten Männer zu einem Zwinkern veranlasst hätte, zog sie von dannen.

Ich war an diesem Abend ziemlich beschäftigt. Nachdem ich einige Schleppkähne unterhalb des Landungsstegs umdirigieren hatte und dann mit dem Saubermachen fertig war, zeigte die Uhr schon fast halb acht, bevor ich eine einzige Minute für mich hatte.

Ich legte schließlich den Besen zur Seite und dachte daran, einen Gang rüber zur Bull's Head Kneipe zu machen, um ein Bier zu trinken, als ich den Kapitän von Bord gehen sah, der dann über den Landungssteg zum Tor ging.

»Ich dachte, Sie wollten bleiben und sich schlafen legen«, sagte ich zu ihm.

»Ich habe daran gedacht«, sagte er, »dann habe ich mir aber überlegt, dass ich bis zur Broad Street spazieren könnte, um dort meine Frau zu treffen.«

Ich musste mich jetzt doch sehr anstrengen, um unbeteiligt zu erscheinen. Ich wusste nämlich sehr genau, wo sie wirklich hingegangen ist, und das war nicht nach Dalston.

»Kommen Sie rein«, sagte ich, um ihn erst einmal aufzuhalten, »lassen Sie uns ein Bier trinken.«

»Nein, ich werde zu spät kommen«, sagte er und rannte los.

Ich ging in Bull's Head Kneipe und trank dort alleine ein Glas. Ich stand da und dachte für eine Weile an Mrs. Smithers, wie sie bei 'Cleopatra's Needle' auf und ab geht, bis mich schließlich der Wirt fragte, worüber ich lache und mir dann sagte, dass er dafür sorgen könnte, dass mir das Lachen vergeht. Und dann wundert der Kerl sich noch, warum die Leute zur Konkurrenz ins Albion gehen.

Ich schloss in dieser Nacht das Tor etwas früher ab als sonst. Manchmal, wenn ich mich auf dieser Seite der Werft befinde, lasse ich es etwas länger auf, aber ich wollte nicht, dass Mrs. Smithers durchhuscht, ohne dass ich ihr Gesicht sehen konnte.

Es war zehn Uhr, als ich die Glocke hörte. Als ich das Türchen öffnete und herausschaute, war ich überrascht zu sehen, dass sie den Skipper dabeihatte. Von all den armselig ausschauenden Leuten, die ich jemals gesehen hatte, war er der armseligste. Sie hielt ihn fest am Arm und der Anblick ihres Gesichts machte mir fast Angst.

»Sind Sie den ganzen Weg nach Dalston gelaufen, um sie zu treffen?«, sagte ich zu ihm.

Mrs. Smithers machte ein keuchendes Geräusch, und der Skipper antwortete mir mit keinem Wort.

Sie schob ihn vor sich her und stand hinter ihm, als er an Bord ging. Als er die Hand ausstreckte, um ihr aufs Boot zu helfen, schlug sie diese weg.

Ich konnte nicht wieder mit ihm sprechen, bis um fünf Uhr am nächsten Morgen, als er mit zerzausten Haaren an Deck kam und rote Augen hatte, die sich nach Schlaf sehnten.

»Ich habe die ganze Nacht kein Auge zugetan«, sagte er, als er auf die Anlegestelle heraustrat.

Ich räusperte mich ein wenig. »Hatte sie denn keine angenehme Zeit in Dalston gehabt?«, sagte ich.

Er ging ein Stück weiter vom Schiff weg. »Sie ist gar nicht dort hingegangen«, sagte er im Flüsterton.

»Sie beschäftigt doch etwas«, sagte ich. »Was ist es?«

Zuerst wollte er mir es nicht sagen, aber schließlich erzählte er mir etwas über den Brief von Dorothy, den seine Frau ohne sein Wissen gelesen hatte und dann hingegangen ist, um sie zu treffen.

»Es war ein fürchterliches Treffen!«, sagte er. »Fürchterlich!«

Ich tat so, als könnte ich mit dieser Aussage nichts anfangen. »War das Mädchen denn da?«, sagte ich und starrte ihn an.

»Nein«, sagte der Skipper, »aber ich.«

»Sie?«, sagte ich und zuckte ein wenig zusammen. »Sie! Warum? Sie überraschen mich! Das hätte ich nicht von Ihnen gedacht!«

»Ich war ein wenig neugierig«, sagte er mit einem etwas peinlichen Lächeln. »Ich kann aber nicht verstehen, warum das Mädchen nicht aufgetaucht ist.«

»Ich schäme mich für Sie, Bill«, sagte ich mit ernstem Gesicht.

»Vielleicht war sie ja auch da«, sagte er, halb zu sich selbst, »und dann hat sie meine Frau gesehen, wie sie dort stand und wartete.«

»Vielleicht war es so«, grübelte er.

»Oder vielleicht treibt jemand nur ein Spiel mit Ihnen«, sagte ich.

»Du wirst langsam alt, Bill«, sagte er kurz. »Du verstehst das nicht. Es ist ein Mädchen, das sich in mich verliebt hat und es ist meine Pflicht, sie zu treffen, um ihr zu sagen, wie die Dinge stehen.«

Er ging mit erhobenem Kopf davon, und als er den Brief herausholte, den er sich wieder genommen hatte, schaute er ihn nicht nur einmal, sondern fünfmal an.

»Schmeißen Sie ihn weg«, sagte ich und folgte ihm.

»Ganz sicher nicht«, sagte er, als er ihn sorgfältig zusammenfaltete und in seiner Brusttasche verstaute. »Sie hat sich in mich verliebt und es ist meine Pflicht…«

»Das haben Sie schon einmal gesagt«, bemerkte ich.

Er schaute mich eine Weile unfreundlich an und dann sagte er: »Du hast nicht etwa ein Mädchen gesehen, das hier herumschleicht, nehme ich an, Bill? Ein großes, junges Mädchen mit einem blauen Hut, der mit Rosen verziert ist?« Ich schüttelte meinen Kopf.

»Wenn du sie sehen solltest…«, sagte er.

»Dann werde ich es ihrer Frau erzählen«, sagte ich. »Es ist einfacher für sie, ihrer Pflicht ordentlich nachzukommen, als für Sie. Sie würde es auch genießen, wenn sie es tut.«

Er ging dann wieder weg und ich dachte, dass damit die Angelegenheit zwischen ihm und mir erledigt war; das war aber nicht der Fall. Er kam an diesem Abend wieder zu mir und sprach so, als wäre ich der größte Freund, den er auf der Welt hat.

Wir tranken zwei Bier im Albion, während seine Frau draußen auf und ab ging. Nach dem zweiten Bier sagte er mir, dass er Dorothy treffen wollte, um ihr zu sagen, dass er verheiratet sei und hoffe, dass sie einen guten Mann finden würde, der ihrer wert sei.

Ich hatte eine Woche Ruhe von alledem, während er mit seinem Schiff weg war, aber kaum hatte es wieder festgemacht, ging alles wieder von vorne los.

»Bist du sicher, dass keine weiteren Briefe kamen?«, sagte er.

»Ja, ganz sicher«, sagte ich.

»In Ordnung«, sagte er, »in Ordnung. Und dann hast du sie auch nicht gesehen, wie sie hier auf und ab gelaufen ist?«

»Nein«, sagte ich.

»Und du hast auch immer nach ihr Ausschau gehalten?«, sagte er, was ich bejahte.

»Ich denke aber nicht«, fuhr er fort, »dass so ein hübsches Mädchen, wie sie, ihren Kopf durch das Tor steckt. Hast du auch die Straße rauf und runter gesehen?«

»Ja«, sagte ich. »Ich habe fast schon Augenschmerzen bekommen, bei der Ausschau nach ihr.«

»Ich kann das alles nicht verstehen«, sagte er. »Es ist mir ein Rätsel; vielleicht ist sie krank geworden. Sie muss mich doch hier gesehen haben und sie hat auch meinen Namen herausbekommen. Denk an meine Worte, ich werde wieder etwas von ihr hören!«

»Wie können Sie das wissen?«, sagte ich.

»Ich fühle es hier drinnen«, sagte er sehr feierlich und legte seine Hand auf seine Brust.

Ich wusste nicht mehr, was ich tun sollte. Seine Verrücktheit und das Temperament seiner Frau, ließen mich aber erkennen, dass ich es vermasselt hatte.

Er erzählte mir, dass sie während der letzten zwei Tage kaum ein Wort mit ihm gesprochen hatte. Als ich ihm sagte, dass es hätte schlimmer kommen können, da ich selbst ein verheirateter Mann sei, sagte er zu mir, dass ich nicht wissen würde, wovon ich spreche.

Nachdem er wieder an Bord war, habe ich ein wenig nachgedacht. Ich konnte ihm keinesfalls sagen, dass ich den Brief geschrieben hatte, aber wenn er ein oder zwei mehr davon bekäme, würde er erkennen, dass jemand ein Spiel mit ihm treibt. Das wäre gut für ihn und, nebenbei gesagt, auch eine kleine Belustigung für mich.

Nachdem alle in ihren Betten schliefen, ging ich ins Büro, setzte mich auf den Stuhl des Sachbearbeiters und schrieb dem Skipper einen weiteren Brief von Dorothy. Ich nannte ihn 'mein lieber Bill' und teilte ihm mit, wie leid es mir tat, dass ich ihn in letzter Zeit nicht zu Gesicht bekommen hatte, da ich wegen einer Zerrung im Fußgelenk verhindert war und gerade erst wieder laufen konnte.

Ich fragte ihn erneut, mich bei 'Cleopatra's Needle' um acht Uhr zu treffen, und sagte auch, dass ich wieder den blauen Hut mit roten Rosen aufgesetzt hätte.

Es war ein sehr gut gemachter Brief, aber sehr bald musste ich einsehen, dass es falsch war, ihn zu schreiben. Ich wollte ihm den Brief später wieder durch einen Laufburschen zukommen lassen, aber da ich keinen Umschlag finden konnte, ohne den Namen der gesegneten Werft darauf, steckte ich ihn in meine Tasche, um ihn erst einmal mit nach Hause zu nehmen.

Ich kam morgens um etwa Viertel vor sieben nach Hause und schlief wie ein Kind, bis fast vier Uhr nachmittags. Dann ging ich nach unten zum Mittagessen.

In dem Moment, wo ich die Tür öffnete, sah ich sofort, dass etwas nicht stimmte. Meine Frau leckte dreimal ihre Lippen, bevor sie sprach. Die Farbe ihres Gesichts hatte sich in ein schmutziges Weiß verwandelt. Sie lehnte sich nach vorne und ihre Hände und Lippen zitterten vor Aufregung.

»Ist mein Mittagessen fertig?«, sagte ich unbekümmert, »ich bin jetzt bereit, zu essen.«

»Ich denke – ich denke darüber nach, dir eine Rippe nach der anderen herauszureißen«, sagte sie und schnappte nach Luft.

»Was ist los?«, sagte ich.

»Und dann koche ich dich«, zischte sie durch ihre Zähne. »Du in einem Topf und deine kostbare Dorothy in dem anderen.«

Selbst wenn mir jemand in diesem Moment fünf Pfund gegeben hätte, hätte ich es nicht fertiggebracht, etwas zu sagen.

Urplötzlich begriff ich, was ich angerichtet hatte, konnte aber kein Wort herausbringen. Ich blieb aber geistesgegenwärtig, und als sie um eine Ecke des Tisches herumkam, ging ich um die andere, auf der gegenüberliegenden Seite.

»Was hast du dazu zu sagen?«, sagte sie mit einem Schrei.

»Nichts«, sagte ich, »es ist alles nur ein Fehler.«

»Fehler?«, sagte sie. »Du hast einen Fehler gemacht, indem du den Brief in deiner Tasche behalten hast, das ist der ganze Fehler, den du gemacht hast.

Das ist es also, was du tust, wenn du angeblich auf der Werft arbeitest. Du wandelst darin herum, zusammen mit einem blauen Hut mit roten Rosen! Und das in deinem Alter und mit einer Frau zuhause, die sich zu Tode schuftet, um über die Runden zu kommen und um dich in einem ehrenhaften Zustand zu halten.«

»Es ist alles ein Fehler«, sagte ich wieder. »Der Brief war nicht für mich.«

»Oh, nein, natürlich nicht«, sagte sie. »Deshalb hast du ihn ja in deiner Tasche, nehme ich an. Und ich nehme auch an, dass du mir als Nächstes sagst, dass dein Name nicht Bill ist.«

»Sage jetzt nichts, was du später bereust«, entgegnete ich.

»Darauf werde ich schon achten«, sagte sie. »Ich könnte es höchstens bereuen, einiges nicht gesagt zu haben, aber das wird nicht der Fall sein.«

Ich denke kaum, dass sie sich darum Sorgen machen müsste, denn sie kramte Sachen hervor, denen ich schon vor Jahren widersprochen hatte und von denen ich dachte, dass sie längst vergessen wären.

Immer wieder hielt sie inne, um nach Luft zu schnappen, und immer wenn sie bei ihrem Wortschwall innehielt, versuchte sie auf selbe Seite des Tisches zu kommen, auf der ich war.

Sie folgte mir dann schließlich zur Straßentür, und als ich rausging, rief sie mir noch einige weitere Dinge auf der Straße nach.

Ich nahm einen kleinen Imbiss in einem Coffeeshop, anstelle meines Mittagessens, hatte aber wenig Appetit darauf.

Voller Sorgen und Selbstvorwürfe ging ich zu Arbeit, mit einem Herzen so schwer wie Blei.

Ich denke, ich war noch keine zehn Minuten auf der Werft, als Kapitän Smithers an meine Seite kam, aber ich kam zuerst dazu, etwas zu sagen.

»Schauen Sie her«, sagte ich. »Wenn Sie gekommen sind, um über dieses dreiste Luder zu sprechen, das Ihnen geschrieben hat, dann bitte nicht mit mir. Ich habe die Schnauze voll von ihr.«

»Dreistes Luder!«, sagte er, »dreistes Luder!«

Noch bevor ich meinen Besen fallen lassen konnte, gab er mir einen Schlag ans Kinn, das dabei fast gebrochen wäre.

»Sag noch etwas gegen Sie, und ich schlag dir deinen hässlichen Kopf ab. Wie kannst du es wagen, eine Lady zu beleidigen?«

Ich hatte zuerst gedacht, dass ich wild werden sollte; dann ging ich aber, ohne ein Wort, ins Büro.

Einige Männer hätten ihn dafür niedergeschlagen, aber ich berücksichtigte seinen Zustand und blieb drinnen, bis ich gesehen hatte, dass er wieder an Bord gegangen war.

Er saß auf dem Deck, als ich herauskam und mit ihm seine Frau, aber keiner von beiden sprach ein Wort. Ich nahm meinen Besen auf und fuhr fort mit dem Kehren, als ich plötzlich eine Stimme am Tor hörte, die ich glaubte zu kennen – und herein kam meine Frau.

»Hallo!«, sagte sie in lautem Ton. »Solltest du nicht das Mädchen bei 'Cleopatra's Needle' treffen. Du willst sie doch nicht warten lassen, nicht wahr?« »'Psst!«, sagte ich.

»Halt selbst deinen Mund!«, brachte Sie im Brüllton heraus. »Ich habe nichts getan, für das ich mich schämen muss. Ich treffe keine Ehemänner von anderen Leuten mit einem blauen Hut mit roten Rosen. Ich schreibe Ihnen keine Liebesbriefe und sage auch nicht 'Psst!' zu meiner Frau, wenn sie es wagt, Kommentare dazu abzugeben.«

»Ich kann mich kaputt schuften für einen Mann, der alt genug ist, um es besser zu wissen, aber ich lasse nicht auf mir herumtrampeln. Dorothy, natürlich! Ich werde ihr Dorothy geben, wenn ich die Gelegenheit dazu habe.«

Mrs. Smithers, die zugehört und jedes Wort mitbekommen hatte, sprang auf, wie auch der Skipper, und mit zwei Schritten kam Mrs. Smithers an die Seite: »Haben sie Dorothy gesagt, Madame?«, sagte sie zu meiner Frau.

»Das habe ich«, sagte meine Frau. »Sie hat meinem Mann geschrieben.«

»Das muss die gleiche sein«, sagte Mrs. Smithers. »Sie hat auch meinem Mann geschrieben.«

Die beiden standen für eine Minute da und schauten sich an. Dann gab meine Frau den Brief, den sie zwischen ihrem Finger und dem Daumen hielt, an Mrs. Smithers.

»Es ist die gleiche«, sagte Mrs. Smithers. »War der Umschlag mit 'Privat' markiert?«

»Ich habe den Umschlag nicht gesehen«, sagte meine Frau. »Das ist alles, was ich gefunden habe.«

Mrs. Smithers kletterte raus auf den Landungssteg, nahm meine Frau beim Arm und ging voran, während sie flüsterten.

Im gleichen Moment kam der Skipper über das Deck heran und sprach leise zu mir.

»Was soll das heißen?«, sagte er. »Was soll das heißen, dass du Briefe von Dorothy kriegst und mir nichts davon erzählst?«

»Ich kann nichts dafür, dass ich diese Briefe kriege, genauso wenig wie Sie. Nun verstehen Sie vielleicht, warum ich sie ein dreistes Luder genannt habe.«

»Man stelle sich das einmal vor, sie schreibt Briefe an dich!«, sagte er kopfschüttelnd. »Pah! Sie muss verrückt sein.«

»Vielleicht ist es gar kein Mädchen«, sagte ich. »Ich denke eher, dass da jemand ein Spiel mit uns treibt.«

»Sei kein Idiot«, sagte er. »Ich möchte denjenigen mal sehen, der in dieser Weise einen Idioten aus mir machen will. Ich müsste ihm nur begegnen und ihn in die Finger kriegen. Er würde keine Spielchen mehr treiben.«

Es wäre nicht gut gewesen, sich weiter mit ihm zu unterhalten, denn er war nun halb verrückt vor Aufregung.

Wenn ich ihm sagen würde, dass der Brief für ihn bestimmt war, würde er mich fragen, was ich mir dabei gedacht hätte, ihn zu öffnen, um ihn in noch mehr Schwierigkeiten mit seiner Frau zu bringen, anstatt ihn heimlich zu übergeben.

Ich stand da, litt still vor mich hin und dachte darüber nach, wie viel Unglück Einbildung über die Menschen bringt.

»Ich will etwas Geld«, sagte meine Frau, als sie schließlich mit Mrs. Smithers zurückkam.

Das war die Art und Weise, wie sie immer mit mir sprach, wenn sie mich in ihrer Gewalt hatte. Sie nahm zwei Pence und zehn Pence – alles, was ich hatte – und befahl mir, eine Kutsche zu rufen.

»Ich und diese Lady gehen hin und werden sie treffen«, sagte sie und schnaubte in meine Richtung.

»Und wir werden ihr sagen, was wir von ihr halten«, sagte Mrs. Smithers, die ebenfalls schnaubte.

»Und was wir ihr antun werden«, sagte meine Frau.

Ich ließ sie zurück, Seite an Seite, wie sie den Skipper ansahen, der wie eine Wachsfigur dastand, während ich nach draußen ging, um eine Kutsche zu finden. Als ich zurückkam, war er immer noch in der gleichen Haltung und rauchte mit geschlossenen Augen.

Sie saßen nebeneinander in der Kutsche, als sie davonfuhren, beide von ihnen in einer kerzengeraden Haltung und sie drehten nur im allerletzten Moment ihr Köpfe, um uns Blicke zuzuwerfen, die uns gar nicht gefielen.«

»Ich hoffe sehr, dass ihr kein Leid zugefügt wird«, sagte der Skipper, nachdem er ziemlich lange nachgedacht hatte. »War das der erste Brief von ihr, Bill?«

»Der erste und der letzte«, sagte ich und knirschte mit den Zähnen.

Dann sagte ich: »Ich bin länger als Sie verheiratet und ich kann Ihnen eines sagen: Es wird keinen Unterschied machen, ob sie das Mädchen heute treffen oder nicht.«

Wie wir bald erfahren mussten, machte es wirklich keinen Unterschied.

East London, ca. 1900

LEICHT VERDIENTES GELD

Ein Bursche, im Alter von etwa zwanzig Jahren, trat vom Schoner 'Jane' herunter ans Ufer und ging davon, Arm in Arm, mit einem Mädchen, das für fast zehn Minuten die leidenschaftlichen Blicke des Mannes von der Nachtwache vermieden hatte. Der Wachmann rollte mit den Augen und schüttelte bedächtig seinen Kopf.

»All das Geld, was er hat«, sagte er, »und das wenige, was ihm bleibt, gibt er für sie aus. Dann, drei Monate, nachdem er sie geheiratet hat, wird er sich wundern, was er je an ihr gefunden hat. Wenn ein Mann heiratet, wünscht er sich, dass er es nicht gemacht hätte und wenn er nicht heiratet, wünscht er sich, dass er es gemacht hätte. So ist das Leben.«

»Wenn ich mir diese beiden jungen Idioten anschaue, erinnert mich das an einen Neffen von Sam Small. Ein Mann, von dem ich Ihnen schon zuvor erzählt habe, glaube ich.«

Gewöhnlich hat Sam nicht viel über seine Verwandten gesprochen, aber er hatte da eine Schwester auf dem Land, die er sehr gerne hatte, aber die er für fast zwanzig Jahre nicht mehr gesehen hatte. Sie hatte einen Sohn, der gerade eine Arbeit in London gefunden hatte, und als er ihr schrieb, dass er in der Gesellschaft des schönsten, liebreizendsten und gutherzigsten Mädchens auf der ganzen Welt war, schrieb sie deswegen an Sam und fragte ihn, ob er seinem Neffen Joe einen guten Rat geben könnte.

Sam war gerade aus China zurückgekommen und lebte, wie gewohnt, mit Peter Russet und Ginger Dick zusammen. Nachdem er den Brief siebenmal gelesen und Ginger gefragt hatte, wie man 'Luder' ausspricht, las er ihnen den Brief laut vor und fragte sie, was sie davon halten.

Ginger schüttelte seinen Kopf und, nach einigem Nachdenken, schüttelte auch Peter seinen Kopf.

»Sie hat ihn sich in ziemlich jungen Jahren geangelt«, sagte Ginger.

»In diesem Alter haben sie es sowieso schwer«, sagte Peter. »Als ich zwanzig war, gab es ein Mädchen, in das ich mich verliebt hatte, und ein Regiment hätte uns nicht auseinandergebracht.«

»Was hat euch dann auseinandergebracht?«, sagte Sam. »Ein anderes Mädchen«, sagte Peter, »ein anderes Mädchen, in das ich mich verliebt hatte, das war es.«

»Ich war schon fast einmal verheiratet, als ich zwanzig war«, sagte Ginger mit einem träumerischen Blick in seinen Augen. »Sie war das schönste Mädchen, das ich je in meinem Leben gesehen habe. Sie hatte einhundert Pfund pro Jahr für sich und sie konnte es nicht ertragen, wenn ich nicht in ihrer Sichtweite war.«

»Du sollest mal mit dem Daumen über deine Brust reiben, das könnte etwas gegen deinen Husten tun, Sam«, sagte er dann.

»Achte nicht auf ihn, Ginger«, sagte Peter. »Warum hast du sie nicht geheiratet?«

»Ich hatte Angst, dass sie glauben würde, ich wäre hinter ihrem Geld her«, sagte Ginger, der ein wenig näher an Sam heranrückte.

Danach war Peter an der Reihe, und er und Ginger redeten weiter über Mädchen, deren Herzen sie gebrochen hatten, bis Sam nicht mehr wusste, was er hier noch länger machen sollte.

»Ich laufe gerade mal um die Ecke, um meinen Neffen zu sehen, während du und Peter euch weiter amüsieren könnt«, sagte er schließlich. »Ich werde ihn fragen, ob er morgen mal vorbeikommt, und dann könnt ihr ihm gute Ratschläge geben.«

Am nächsten Abend erschien der Neffe. Er war ein intelligenter, aufgeweckter junger Kerl und stimmte allem zu, was sie ihm sagten. Als Peter meinte, alle Mädchen seien Schwindlerinnen, sagte er, dass er das schon seit Jahren weiß, aber sie wären halt so geboren worden und könnten das nicht ändern. Als ihm Ginger sagte, dass kein Mann heiraten sollte, bevor er fünfzig war, korrigierte er ihn und machte das fünfundfünfzig.

»Ich bin froh, dich so reden zu hören«, sagte Ginger.

»So geht es mir auch«, sagte Peter.

»Er hat seinen Kopf richtig herum aufgedreht bekommen«, sagte Sam, der dachte, seine Schwester hätte einen Fehler gemacht.

»Wenn ich mich umsehe, bin ich überrascht zu sehen, welche Frauen die Männer geheiratet haben«, sagte sein Neffe. »Ich habe keine Ahnung, was sie in Ihnen gesehen haben. Ich und meine junge Lady lachen oft darüber.«

»Deine was?«, sagte Sam, der vorgab, überrascht zu sein.

»Meine junge Lady«, sagte der Neffe.

Sam hustete wieder. »Ich habe gar nicht gewusst, dass du mit einer jungen Lady zusammen bist«, sagte er.

»Doch, das bin ich«, sagte sein Neffe, »und wir werden Weihnachten heiraten.«

»Aber – du bist doch noch keine fünfundfünfzig«, sagte Ginger.

»Ich bin einundzwanzig«, sagte sein Neffe, »aber in meinem Fall ist das etwas anderes. Es gibt keine zweite Lady wie meine auf der Welt. Sie unterscheidet sich von allen anderen und es wird nicht passieren, dass sie mir ein anderer wegschnappt.«

»Fünfundfünfzig!«, fuhr er fort. »Ich weiß ja jetzt schon gar nicht, wie ich es noch bis Weihnachten aushalten kann.

Sie ist das schönste und stattlichste Mädchen auf der Welt und sie ist auch das Schlauste, das ich je getroffen habe. Ihr müsstet sie mal lachen hören. Das ist wie Musik. Ihr würdet es niemals vergessen.«

»Einundzwanzig ist sehr jung«, sagte Ginger und schüttelte seinen Kopf. »Kennst du sie schon lange?«

»Drei Monate«, sagte der Neffe. »Sie lebt in der gleichen Straße wie ich. Wie es passieren konnte, dass sie mir niemand vorher weggeschnappt hat, weiß ich nicht, aber sie sagte mir, dass sie sich nicht für Männer interessiert hatte, bevor sie mich sah.«

»Das sagen sie alle«, meinte Ginger.

»Das hat man mir nicht nur einmal gesagt, sondern zwanzigmal«, sagte Peter und nickte.

»Das machen sie, um einem zu schmeicheln«, sagte der alte Sam und schaute dabei aus, als würde er alles darüber wissen. »Warte, bis du in meinem Alter bist, Joe, dann wirst du es merken. Ich wäre ein Dutzend Mal verheiratet, wenn ich nicht vorsichtig gewesen wäre.«

»Das beruht vielleicht auch ein wenig auf Gegenseitigkeit«, sagte Joe zu seinem Onkel. »Vielleicht waren ja auch die Mädchen vorsichtig gewesen.«

»Wenn du nur meine junge Lady sehen könntest, würdest du nicht so reden«, fuhr er fort. »Sie hat die treusten Augen auf der Welt. Große, graue Augen, wie ein Kind, zumindest sind sie grau und manchmal auch blau. Ich denke, das hängt irgendwie vom Licht ab. Ich habe sie schon gesehen, als sie bräunlich-gold waren. Und sie kann mit ihren Augen lachen.«

»Hat sie denn keinen Mund?«, sagte Ginger, der von all dem ein wenig müde wurde.

»Du bist in der Liebe betrogen worden«, sagte der Neffe und schaute ihn an. »Das ist es, was mit dir los ist, und ich wundere mich nicht darüber.«

Ginger stand auf, aber Sam schaute ihn in einer Weise an, dass er sich gleich wieder hinsetzte. Dann saßen sie alle still da, während der Neffe fortfuhr, von seinem Mädchen zu erzählen.

»Ich würde sie gerne sehen«, sagte sein Onkel schließlich.

»Besucht mich morgen Abend um sieben Uhr«, sagte der junge Mann, »und ich werde sie euch vorstellen.«

»Wir werden vielleicht vorbeikommen«, sagte Sam, nachdem ihn Ginger und Peter angesehen hatten. Wir gehen jetzt aus, um den Abend zu verbringen.

»Amüsiert euch – je mehr, je besser«, sagte sein Neffe. »Also dann, bis bald, ich denke, sie wartet schon auf mich.«

Er stand auf und sagte »Auf Wiedersehen«. Nachdem er gegangen war, schüttelten Sam und die anderen beiden ihren Kopf und sagten, was für ein Unglück es doch ist, einundzwanzig zu sein.

Ginger sagte, dass es ihn traurig machen würde, daran zu denken, und Peter sagte, dass er es nicht verstehen könne, wenn sich ein Mädchen für einen Mann interessiert, der unter dreißig ist.

Am nächsten Abend gingen sie alle zu Sams Neffen hin. Sie waren etwas früh dran, weil die Wache von Ginger etwas willkürlich eingeteilt worden war, und sie saßen in einer Reihe auf dem Bett des Neffen und warteten, während er sich frisch machte und sich umzog.

Obwohl es erst Mittwoch war, wechselte er seinen Kragen. Es dauerte ziemlich lange, da er sich nicht für eine Krawatte entscheiden konnte, sodass sein Onkel versuchte, sie für ihn auszuwählen. Als sie endlich damit fertig waren, sagte Sam, dass er das Gefühl hätte, es wäre bereits Sonntag.

Miss Gill war zuhause, als sie ins Haus kamen, und alle drei waren sehr überrascht, dass ein so gut aussehendes Mädchen sich mit dem Neffen von Sam abgeben würde. Ginger war nahe dran, dass auszusprechen, aber Peter gab ihm gerade noch rechtzeitig einen Stoß in den Rücken und er sagte stattdessen etwas mit zusammengebissenen Zähnen.

»Warum machen wir uns nicht alle einen netten Abend?«, sagte Ginger, nachdem sie für etwa zehn Minuten gesprochen hatten und der Neffe dabei schon viermal auf die Uhr gesehen hatte.

»Weil zu solch einer Gesellschaft nur zwei gehören«, sagte Mrs. Gill. »Sie waren doch selbst einmal jung. Können Sie sich nicht erinnern?«

»Er ist doch auch jetzt noch jung, Mutter«, sagte das Mädchen und gab Ginger ein freundliches Lächeln.

»Ich sage euch, was wir machen können«, sagte Mrs. Gill, die sich mit dem Finger an die Stirn tippte und nachdachte.

»Du und Joe«, sagte sie zu ihrer Tochter, »ihr geht aus und habt euren eigenen Abend. Ich und diese Gentlemen gehen zusammen woanders hin. Ich werde es genießen, wieder einmal herauszukommen, ich habe das seit Langem nicht mehr gemacht.«

Ginger meinte, dass dies eine gute Idee wäre, falls es Sie nicht zu müde machen würde.

Noch bevor Peter daran denken konnte, auch etwas dazu zu sagen, war sie schon nach oben gegangen und hatte sich ihre Haube aufgesetzt.

Sie dachten viel darüber nach, was sie noch vorbringen könnten, um die Sache zu verhindern, während sie allein mit Ginger dasaßen und auf sie warteten.

»Ich hatte eigentlich die Absicht, zu dem Mädchen und deinem Neffen zugehen«, sagte der arme Ginger. »Dabei dachte ich daran, dass er uns verloren gehen könnte und wir die Gelegenheit bekämen, mit dem Mädchen zu sprechen, um ihr zu zeigen, wie unvernünftig sie ist.«

»Du hast es aber jetzt geschafft«, sagte Sam, »um uns den Abend verderben.«

»Vielleicht kommt doch noch etwas Gutes dabei raus«, sagte Ginger. »Wenn die alte Lady Gefallen an uns findet, könnten wir in der Lage sein, wiederzukommen und dann, um dir gerecht zu werden, Sam, werde ich einen Weg finden, um deinen Neffen rauszuhalten.«

Sam starrte ihn an und Peter starrte ebenfalls. Dann schauten sie sich an und fingen an zu lachen, bis Ginger vergessen hatte, wo er war und Sam sagte, dass er ihn durch die Mangel drehen würde.

Sie stritten immer noch in leisen Tönen und sagten, was sie sich gegenseitig antun würden, als Mrs. Gill nach unten kam.

Sie war ziemlich aufgetakelt, und als sie die Straße hinunter liefen, hatten sie das Gefühl, dass sie jeder anstarren würde.

Eine bestimmte Sache half besonders, den Abend zu verderben, denn Mrs. Gill wollte nicht in Gaststätten gehen. Stattdessen ging sie dreimal in Süßwarengeschäfte und leckte auch noch ihre Eiscreme, während sie dastanden und sich wunderten, wie sie das alles verkraften konnte.

Danach hielt sie an einem Platz in Poplar (Distrikt von London) an, wo es ein paar Schaukeln und Karussells und solcherlei Dinge gab.

Sie war so aufgekratzt wie ein Schulmädchen.

Nachdem sie den armen Sam mit aufs Karussell genommen hatte, bis er nicht mehr wusste, ob er auf den Füßen oder dem Kopf stand, brachte sie ihn in eine Schiffschaukel und wippte mit ihm, bis er sich fühlte, wie ein Junge auf seiner ersten Reise.

Danach gingen sie an den Schießstand, und noch bevor er drei Schuss abgeben hatte, nahm ihm der Mann das Gewehr wieder weg und drohte, die Polizei zu rufen.

Es war für alle ein teurer Abend gewesen, aber wie Ginger es wollte, hatten sie das Eis gebrochen. Als sie wieder heimkamen, wettete er mit Peter Russet um einen halben Dollar, dass er das Mädchen des Neffen ausführen würde, noch bevor zwei Tage rum wären.

Er kam am nächsten Abend selbst vorbei und machte sich bei Mrs. Gill beliebt und tags darauf waren sie beide so freundlich und nett zueinander, dass er seinen ganzen Mut zusammennahm und Miss Gill anbot, mit ihr in den Zoo zu gehen.

Zuerst sagte sie natürlich 'Nein', aber als Ginger andeutete, dass Joe den ganzen Tag auf der Arbeit sein würde und nicht selbst mit ihr hingehen könnte und dass er der beste Freund von Joes Onkel war, dachte sie positiver darüber.

»Warum nicht?«, sagte ihre Mutter. »Joe hätte sicher nichts dagegen. Er wäre nicht so albern, um auf den alten Mr. Ginger Dick eifersüchtig zu sein.«

»Natürlich nicht«, sagte sich das Mädchen. »Da gibt es nichts, worauf er eifersüchtig sein könnte.«

Zunächst ließ sie sich von ihrer Mutter und Ginger noch für eine Weile überreden. Dann ging sie nach oben, um sich frisch zu machen, und legte eine kleine silberne Brosche an, die Ginger auf dem Weg für sie gekauft hatte.

Sie brauchte ungefähr eine dreiviertel Stunde, um sich fertigzumachen, aber als sie nach unten kam, dachte Ginger, dass es das wert war. Er konnte seine Augen nicht von ihr nehmen, wie man so sagt, und saß später an ihrer Seite auf dem Oberdeck des Omnibusses, wie ein Mann in einem Traum.

»Das ist besser, als auf See zu sein«, sagte er schließlich.

»Mögen Sie die See nicht?«, sagte das Mädchen. »Ich würde gerne selbst zur See fahren.«

»Mich würde die See nicht mehr interessieren, wenn Sie dort wären«, sagte Ginger.

Miss Gill drehte ihren Kopf weg. »Sie dürfen nicht so mit mir reden«, sagte sie mit sanfter Stimme. »Dennoch…«

»Dennoch was?«, sagte Ginger nach einer längeren Pause.

»Ich meine, wenn ich zur See fahren würde, wäre es doch sicher schön, einen Freund an Bord zu haben«, sagte sie. »Ich nehme an, Sie haben keine Angst vor Stürmen, nicht wahr?«

»Ich liebe sie sogar«, sagte Ginger.

»Sie sehen so aus, als würden Sie dies tun«, sagte das Mädchen und warf ihm einen kurzen Blick unter ihren Augenwimpern hindurch zu. »Es muss schön sein, einen Mann zu haben, der mutig ist. Ich wünschte, ich wäre ein Mann.«

»Ich nicht«, sagte Ginger.

»Warum nicht?«, sagte das Mädchen und drehte wieder ihren Kopf weg.

Ginger antwortete nicht und gab ihr stattdessen einen kleinen Drücker am Ellbogen. Sie zog ihn sofort weg, und Ginger wünschte sich jetzt, dass er nicht so dumm gewesen wäre. Als ihr Arm wieder zurückkam, saßen sie eine lange Zeit da, ohne ein Wort zu sprechen.

»Die See hat einige gute Seiten«, sagte Ginger schließlich, »aber ich denke, eher für einen verheirateten Mann.«

Das Mädchen schüttelte ihren Kopf. »Das wäre hart für seine Frau und schaute ihn wieder an, aber – aber…«

Ginger zwickte sie wieder in den Ellbogen.

»Aber vielleicht könnte er ja eine Arbeit an Land finden«, sagte sie, »und dann könnte er seine Frau jeden Tag auf eine Busfahrt mitnehmen.«

Nach einiger Zeit mussten sie umsteigen und den Bus wechseln. Sie nahmen aber den falschen und fuhren Meilen abseits von ihrem Weg, aber keinen von beiden schien das zu stören.

Ginger sagte, dass er an etwas anderes denken würde, und das Mädchen sagte, dass sie das auch täte.

Schließlich kamen sie am Zoo an und Ginger sagte, dass er sich noch nie so wohl gefühlt hätte.

Als die Löwen brüllten, drückte sie seinen Arm, und als sie auf einem Elefanten ritten, hielt sie sich sogar mit beiden Händen an ihm fest.

»Ich genieße es sehr«, sagte sie, als Ginger ihr herunterhalf und ,brr!' zu dem Elefanten sagte. »Ich weiß, es ist schlecht, aber ich kann es nicht ändern und ich muss sogar sagen, dass ich es nicht ändern will.«

Sie ließ Ginger ihren Arm halten, als sie fast über einen Pfefferminzball gestolpert wäre, den ein Kind hatte fallen lassen. Nach einiger Überredung trank sie eine Flasche Limonade und aß sechs Rosinenbrötchen an einem Erfrischungsstand, als Ersatz für ein Mittagessen.

Sie war so freundlich zu ihm, wie sie nur konnte, aber als die Zeit gekommen war, nach Hause zurückzugehen und sie plötzlich so ruhig wurde, begann Ginger daran zu denken, dass er sie in irgendeiner Weise beleidigt haben könnte.

»Sind Sie müde?«, sagte er.

»Nein«, sagte das Mädchen und schüttelte ihren Kopf, »ich habe alles sehr genossen.«

»Ich dachte, Sie sehen etwas müde aus«, sagte Ginger, nachdem er eine ganze Weile gewartet hatte.

»Ich bin nicht müde«, sagte das Mädchen und schenkte ihm ein kleines Lächeln; »ich bin nur ein wenig besorgt, das ist alles.«

»Besorgt?«, sagte Ginger sehr zärtlich. »Was macht Ihnen denn Sorgen?«

»Oh, das kann ich Ihnen nicht sagen«, sagte Miss Gill. »Es macht auch nichts. Ich versuche wieder eine etwas bessere Laune zu bekommen. Was für ein schöner Tag es doch ist, nicht wahr? Ich werde mich mein ganzes Leben daran erinnern.«

»Nun, kommen Sie, was ist es?«, sagte Ginger mit entschlossener Stimme. »Können Sie es mir nicht sagen?«

»Nein«, sagte das Mädchen und schüttelte ihren Kopf. »Ich kann es Ihnen nicht sagen, denn dann würden Sie mit helfen wollen und das kann ich nicht zulassen.«

»Warum sollte ich Ihnen helfen wollen?«, sagte Ginger. »Es ist doch der Sinn, warum wir geschaffen wurden, dass wir uns untereinander helfen.«

»Ich könnte es Ihnen nicht sagen«, sagte das Mädchen, als sie gerade ihre Augen mit einem seidenen Taschentuch betupfte, das etwa anderthalb Mal die Größe ihrer Nase hatte.

»Auch nicht, wenn ich Sie danach frage?«, sagte Ginger.

Miss Gill schüttelte ihren Kopf und versuchte dann ihr Bestes, die Unterhaltung auf etwas anderes zu lenken. Sie sprach über das Wetter, das Affenhaus und über ein Mädchen, dessen Haar sich in einer Nacht von Rot in Schwarz verändert hatte, aber es hatte alles keinen Zweck. Ginger ließ sich nicht ablenken und schließlich sagte sie:

»Nun, wenn Sie es unbedingt wissen wollen, ich bin in Schwierigkeiten. Ich brauche drei Pfund und ich weiß nicht, woher ich die bekommen kann, nicht mehr, als der Mann im Mond. Nun lassen Sie uns was anderes sprechen.«

»Haben Sie denn nicht so viel?«, sagte Ginger.

»Ich kann Ihnen nicht mehr sagen«, sagte Miss Gill, »und ich hätte Ihnen auch nichts gesagt, wenn Sie mich nicht gefragt hätten, aber irgendwie habe ich das Gefühl, dass ich Ihnen Dinge sagen muss, wenn Sie es von mir wollen.«

»Drei Pfund sind nicht viel«, sagte der arme Ginger, der gerade nach einer langen Reise ausbezahlt worden ist. »Ich kann Sie Ihnen gerne geben.«

Miss Gill zuckte vor ihm zurück, als wäre sie gestochen worden.

Es bedurfte einige Zeit für ihn, bis er sie wieder ansprechen konnte. Als sie ihn um Entschuldigung gebeten hatte, sagte sie, dass er der großzügigste Mann sei, den sie je getroffen hat, aber es dürfte nicht sein.

»Ich weiß nicht, wann ich es Ihnen wieder zurückzahlen könnte«, sagte sie, »aber ich danke Ihnen genauso dafür, dass Sie es mir angeboten haben.«

»Zahlen Sie es zurück, wenn Sie wollen«, sagte Ginger, »und wenn Sie es nie zurückzahlen, macht es auch nichts.«

Er bot ihr vier oder fünf Mal das Geld an, sie wollte es aber nicht nehmen, aber gerade, als sie das Haus erreichten, drückte er es ihr gewaltsam in die Hand und steckte seine eigenen in die Taschen, als sie ihn dazu bringen wollte, es zurückzunehmen.

»Sie sind gut zu mir«, sagte sie, als sie nach drinnen gegangen waren und ihre Mutter nach oben ging, um Ginger eine Flasche Bier zu holen, mit der er sich vergnügen konnte.

»Ich werde Sie nie vergessen, niemals«, sagte sie.

»Das hoffe ich auch nicht«, sagte Ginger erschreckt. »Kommen Sie morgen wieder nach draußen?«

»Ich befürchte, dass ich das nicht kann«, sagte Miss Gill. Sie schüttelte ihren Kopf und schaute sorgenvoll drein.

»Nicht einmal mit mir?«, sagte Ginger, der neben ihr auf dem Sofa saß und seinen Arm so hinlegte, dass sie sich anlehnen konnte, wenn sie wollte.

»Ich denke nicht, dass ich das kann«, sagte das Mädchen und lehnte sich sanft zurück.

»Denken Sie noch einmal darüber nach«, sagte Ginger, der ihre Taille ein wenig drückte.

Miss Gill schüttelte ihren Kopf und drehte sich dann zu ihm hin und schaute ihn an.

Ihr Gesicht war so nahe an dem seinen, dass er dachte, sie hätte das mit Absicht gemacht und küsste sie. Im nächsten Moment bekam er eine Ohrfeige, die seinen Kopf klingeln ließ.

»Wie können Sie es wagen!«, sagte sie und sprang mit einem Schrei auf. »Wie können Sie es wagen! Wie können Sie...«

»Was ist los?«, sagte ihre Mutter, als sie die Treppen herunter gerannt kam, wie eine davonrollende Flasche mit Rübensirup.

»Er – er hat mich beleidigt«, sagte Miss Gill, die ihr kleines Taschentuch herausholte und weinte. »Er – er hat mich geküsst!«

»WAS!«, sagte Mrs. Gill. »Das hätte ich nie von ihm geglaubt! Niemals! Man sollte ihn abholen lassen. Was denken Sie sich dabei?«, sagte sie, als sie sich zu dem armen Ginger hindrehte.

Ginger versuchte es zu erklären, aber es hatte alles keinen Sinn, und zwei Minuten später ging er zurück zu seiner Unterkunft, wie ein Hund mit dem Schwanz zwischen den Beinen. In seinem Kopf drehte sich alles vor Verwirrung, und er war in solchen einer Stimmung, dass er in einem Mann hineinrannte, der zweimal so groß war wie er und ihm dann androhte, seinen Kopf abzuschlagen, wenn er sich beschweren würde.

Als Sam und Peter ihn fragten, wie er vorangekommen sei, war er in einer solchen Gemütsverfassung, dass er ihnen nur noch zuhören konnte.

Schließlich sagte er doch etwas: »Ich muss dich leider um meinen halben Dollar bitten, Peter. Ich war den ganzen Tag mit ihr draußen und habe meine Wette gewonnen.«

Peter holte diesen heraus, brav wie ein Lamm, und saß dann da und dachte eifrig nach.

»Gehst du morgen wieder mit ihr aus, Ginger?«, sagte er nach einer Weile.

»Ich weiß nicht«, sagte Ginger achtlos. »Ich habe mich noch nicht entschieden.«

111

Peter betrachtete ihn und sah dann Sam mit einem Blinzeln an. »Lass mich mal einen Versuch machen«, sagte er. »Ich wette mit dir noch einmal um einen halben Dollar, dass ich sie ausführen werde. Vielleicht komme ich dann mit einer besseren Laune zurück, als du.«

Der alte Sam sagte, dass es nicht richtig war, in einer solchen Weise mit dem Herz eines Mädchens zu spielen. Doch nach einer langen Diskussion und nachdem er Sam gesagt hatte, er solle den Mund halten, akzeptierte er die Wette.

Er war sich sehr sicher, dass ihm Miss Gill die Tür vor der Nase zuschlagen würde, und nachdem er am Morgen losgezogen war, warten Ginger und Sam darauf, ihm bald ins Gesicht lachen zu können.

Schließlich, als er nicht gleich zurückkam, wurden sie des Wartens müde und gingen hinaus, um ein wenig Luft zu schnappen und sich in einem Pub, auf dem Weg nach Poplar, zu vergnügen.

Um sieben Uhr kamen sie zurück und zehn Minuten später kam Peter herein, setzte sich auf sein Bett und begann zu rauchen, ohne ein Wort zu sprechen.

»Hattest du eine gute Zeit?«, sagte Ginger.

»Ja, eine ganz herrliche«, sagte Peter, der seine Pfeife fest zwischen seinen Zähnen hielt. »Du schuldest mir einen halben Dollar, Ginger.«

»Wo seid ihr hingegangen?«, sagte Ginger, der die Münze herüberschob.

»Crystal Palace*«, sagte Peter (*ein großes Ausstellungsgebäude, ursprünglich für die Weltausstellung 1851 errichtet. 1936 ist es vollkommen abgebrannt und zerstört worden).

»Denkst du, dass du morgen wieder mit ihr ausgehen wirst?«, fragte Sam.

»Ich denke nicht«, sagte Peter, der seine Pfeife aus dem Mund nahm und gähnte. »Sie ist doch etwas zu jung für mich. Ich spreche lieber mit Mädchen, die ein wenig älter sind. Ich werde Ginger nicht im Weg stehen.«

»Ich fand selbst auch, dass sie in wenig zu jung ist«, sagte Ginger. »Vielleicht sollten wir sie besser Sams Neffen überlassen. Letzten Endes wäre es doch ein wenig zu hart für ihn, wenn man genau darüber nachdenkt.«

»Du hast natürlich recht«, sagte Peter und sprang auf. Es ist sowieso die Angelegenheit von Sam. Und warum sollten wir uns für andere abmühen und uns Unannehmlichkeiten schaffen, nur um ihm einen Gefallen zu tun. Das weiß ich wirklich nicht.«

»Sam ist überall«, sagte Ginger. »Er war immer so und je mehr du versuchst ihm zu gefallen, umso mehr machst du es auch.«

Sie fuhren fort, Sam zu beschimpfen, bis er die Nase voll davon hatte. Nachdem er ihnen gesagt hatte, was er von ihnen halten würde, schlug er die Tür zu und ging raus, um den Abend alleine zu verbringen.

Am nächsten Tag hatte er kaum ein Wort mit ihnen gesprochen, aber nach dem Tee hellten sich seine Züge wieder auf und sie gingen zusammen raus, alles wäre nie etwas passiert.

Das Erste, was sie zu sehen bekamen, als sie auf die Straße rauskamen, war Sams Neffe. Er strahle und strahlte, bis ihnen ihre Augen von diesem Anblick wehtaten.

»Ich bin gerade hergekommen, um euch zu sehen«, sagte er.

»Wir sind wegen Geschäften unterwegs«, sagte Ginger.

»Ich wollte gar nicht lange bleiben«, sagte der Neffe. »Meine Lady hat mir nur gesagt, dass ich vorbeikommen sollte, um meinem Onkel zu zeigen, was sie für mich gekauft hat. Eine silberne Uhr mit Kette und einen goldenen Ring. Schaut nur!«

Er hielt seine Hand unter die Nase von Ginger, der aufstand und die Sachen betrachtete, wobei er seinen Mund auf- und zu klappte, wie ein sterbender Fisch.

Dann nahm er Peter beim Arm und führte ihn weg, während der Neffe seine neue Uhr öffnete und Sam das Uhrwerk zeigte.

»Wie viel hat sie von dir rausgeholt, Peter?«, sagte Ginger und schaute ihn dabei fest an. »Ich will jetzt keine Lügen hören.«

»Drei Pfund«, sagte Peter und starrte ihn an.

»Die gleiche Summe auch von mir«, sagte Ginger und knirschte mit den Zähnen.

»Hat sie dir eine auf die Backe gehauen?«

»Was – wovon – redest – du, Ginger?«, sagte Peter.

»Hat sie dir auch eine runter gehauen?«, sagte Ginger.

»Ja«, sagte Peter.

SEIN ANDERES ICH

Sein anderes Ich

»Ihr gleicht euch wie zwei Erbsen, du und dein Bruder«, sagte der Mann von der Nachtwache, der ausdruckslos auf das entrüstete Gesicht des Leichterschiffers auf seinem Kahn unter ihm schaute, »und der einzige Grund, warum ich weiß, dass du Sam bist, liegt darin, dass Bill keine Schimpfworte benutzt.

Ihr seid Zwillinge, aber die Ähnlichkeit ist nur äußerlich. Das Herz von Bill ist weiß wie Schnee.«

Er schnitt sich ein Stück von seinem Kautabak ab, steckte es in seine Backentaschen, und stand erwartungsvoll da.

»Weiß wie Schnee«, wiederholte er.

»Das bin aber ich«, sagte der Leichterschiffer, als er sein schwerfälliges Gefährt vom Landungssteg abstieß. »Ich sage Sam, was du für eine Meinung von ihm hast. Bis bald.«

Der Wachmann wurde ein wenig röter als sonst. »Das ist typisch für Zwillinge«, sagte er, »immer dabei, Leute zu täuschen.«

Natürlich war das Bill gewesen, aber anstatt seine Gefühle zu verletzen, hat er ihm etwas Honig ums Maul geschmiert.

Dann erzählte er:

Es war nicht das erste Mal, dass ich Ärger mit einer solchen Ähnlichkeit hatte. Ich war eigentlich selbst einmal ein Zwilling, wenn man das so ausdrücken kann.

Es dauerte nicht lange, aber doch lange genug für mich, um für immer Mitleid mit Zwillingen zu haben und ihnen Rücksicht entgegenzubringen. Es muss schwer sein, wenn ein anderer Mann mit deinem Gesicht auf den Schultern herumläuft und man deswegen Ärger bekommt.

Vor ein, zwei Jahren, saß ich eines Abends am Haupttor, rauchte eine Pfeife und schaute auf eine Zeitung, die ich im Büro gefunden hatte, als ich einen Gentleman erblickte, der von der Drehbrücke kam. Ein gut gekleideter, sauber rasierter Bursche, der eine Zigarette rauchte.

Er lief langsam und schaute sich lässig um, bis seine Augen auf mich fielen. Er machte einen Satz vor Überraschung und, nachdem er mich sehr scharf angeschaut hatte, ging er noch ein Stück weiter und kam dann zurück. Das hatte er dann noch zweimal gemacht.

Ich wollte ihm gerade etwas sagen, etwas, das ich mir schon zurechtgelegt hatte, als er mich ansprach.

»Guten Abend«, sagte er.

»Guten Abend«, sagte ich, als ich die Zeitung zusammenfaltete und ihn ziemlich ernst anschaute.

»Ich hoffe, Sie entschuldigen, dass ich so hinstarre«, sagte er sehr höflich, »aber ich habe in meinem ganzen Leben noch niemals solch ein Gesicht und solch eine Figur gesehen, wie die ihre – niemals.«

»Ach«, sagte ich, »da hätten Sie mich einmal vor einigen Jahren sehen sollen. Ich bin wie jeder andere auch – ich komme zurecht.«

»Unsinn«, sagte er. »Sie könnten nicht besser sein, selbst wenn Sie es versuchen würden. Es ist herrlich! Wundervoll! Es ist genau das, wonach ich gesucht habe. Wenn man Sie auf Bestellung gemacht hätte, könnten Sie nicht besser sein.«

Ich dachte zuerst, dass er versuchen würde, ein Bier von mir spendiert zu bekommen – so ein Spiel hat man mit mir schon oft getrieben – aber stattdessen fragte er mich, ob ich ihm das Vergnügen bereiten würde, einen Drink mit ihm zu nehmen.

Wir gingen rüber ins Albion und ich glaube, ich hätte den Drink in einem Eimer haben können, wenn ich das nur gesagt hätte. Die ganze Zeit über, in der ich trank, schaute er mich von oben bis unten an, bis ich nicht mehr wusste, wo ich hinschauen sollte, um es so auszudrücken.

»Ich bin hier runter gekommen, um nach jemandem wie Ihnen zu suchen«, sagte er, »aber ich hätte niemals davon geträumt, dass ich ein solches Glück haben könnte. Ich bin Schauspieler und ich muss die Rolle eines Seemanns spielen. Ich zerbreche mir schon eine Weile den Kopf, wie ich das anstellen soll. Verstehen Sie?«

»Nein«, sagte ich und schaute ihn an.

»Ich möchte echt aussehen«, sagte er mit leiser Stimme, so, dass es der Wirt nicht hören konnte. »Ich möchte zum lebenden Gegenstück von Ihnen werden. Wenn das Publikum dann nicht begeistert ist, gebe ich die Bühne auf und baue Weißkohl an.«

»Sie wollen wie ich werden?«, sagte ich. »Sie sehen mir doch genauso ähnlich, wie ich einem seekranken Affen?«

»Der Unterschied ist nicht so groß«, sagte er. »Das ist der Punkt, wo die Kunst hinzukommt.«

Er gab mir noch einen Drink aus, nahm dann meinen Arm in einer hätschelnden Art und Weise und nannte mich 'lieber Junge', als er mich zurück zur Werft führte und alles erklärte.

Er sagte, dass er am nächsten Abend vorbeikommen würde mit etwas, dass er als seinen Make-up-Kasten bezeichnete. Dann würde er sein Gesicht schminken und sich so verändern, dass die Leute den einen von anderen nicht mehr unterscheiden könnten.

»Und was ist mit ihrer Figur?«, sagte ich und schaute ihn an.

»Ein Kissen«, sagte er mit einem Zwinkern, »oder vielleicht auch zwei.«

»Und was ist mit den Kleidern?«, fragte ich.

»Sie müssen mir die verkaufen, die Sie gerade anhaben. Den Hut und alles andere auch. Auch die Stiefel.«

Ich machte einen Preis für alles und dachte, dass ihm das irgendwann reichen würde, aber das tat es nicht. Und schließlich, nachdem er mir so viele weitere Komplimente gemacht hatte, dass sie mir schon zu Kopf gestiegen sind, arrangierte er ein Treffen für die nächste Nacht und ging davon.

»Und denken Sie daran«, sagte er, als er nochmals zurückkam, »kein Wort zu irgendeinem Menschen!«

Er ging wieder weg und, nachdem ich in die Bull's Head Kneipe gegangen war und noch ein Bier getrunken hatte, um meinen Kopf freizukriegen, setzte ich mich ins Büro und dachte über alles nach.

Soweit ich das sehen konnte, war alles in Ordnung gewesen, aber vielleicht hat das eine Glas Bier meinen Kopf nicht richtig freigekriegt – vielleicht hätte ich noch ein oder zwei mehr trinken sollen.

Am nächsten Tag lag ich die meiste Zeit wach, und als ich aufgestanden war, hatte ich meinen Entschluss gefasst.

Ich steckte die Kleider in einen Sack und zog dann Sachen an, die so ähnlich wie die anderen waren, vielleicht ein wenig älter, falls meine Frau Fragen stellen würde.

Dann saß ich da und dachte darüber nach, wie ich mit dem Sack herauskommen würde, ohne dass sie es bemerkt. Sie war sehr wissbegierig, und ich wollte ihr diesbezüglich keine Lügen erzählen, abgesehen davon, dass mir auch keine eingefallen wären.

Schließlich gelangte ich heraus, indem ich ein Spiel mit ihr spielte. Ich tat so, als hätte ich einen halben Dollar auf dem Boden verloren und während sie damit beschäftigt war, auf Händen und Füßen herumzusuchen, konnte ich, so einfach, wie man es nur wollte, verschwinden.

Problemlos kam ich mit den Sachen im Büro an. Gerade als es dunkel wurde, kam eine Kutsche zur Werft und der Schauspieler sprang mit einer großen Ledertasche heraus.

Ich hatte ihn dann in meinen privaten Teil des Büros gebracht und er war so bereitwillig, mir das Geld zu geben, dass ich ihm anbot, auch noch den Sack mit dazuzugeben.

Erst zog er sich meine Kleider an und bat dann darum, dass ich mich vor ihn hinsetzen sollte. Er nahm einen Spiegel und einen Kasten aus seiner Tasche und begann damit, sein Gesicht zu verändern.

Was er mit den Farbstiften, den falschen Augenbrauen, einem Bart, der mit Gummi angeklebt und mit einer Schere zurechtgestutzt wurde, erreicht hatte, sah mehr nach Zauberei aus, als nach irgendetwas anderem.

Dann nahm er eine Perücke aus seiner Tasche und drückte sie auf seinen Kopf, zog die Mütze auf, schwärzte ein wenig seine Zähne und – da war er.

Wir schauten beide in den Spiegel, während er allem noch den letzten Schliff gab.

Dann klopfte er mir auf die Schulter und sagte, dass ich der bestaussehende Seemann in England sei.

»Ich muss das später auf der Bühne alles noch ein wenig verstärken«, sagte er, »aber für hier und heute ist es genug. Was denken Sie von der Imitation ihrer Stimme? Ich denke, ich habe das genau getroffen.«

»Wenn Sie mich fragen, klingt das wie ein plappernder Papagei, der eine Erkältung hat.«

»Und nun zu ihrem Gang«, sagte er. Er sah so zufrieden aus, als hätte ich schon etwas dazu gesagt.

»Kommen Sie mit zur Tür und beobachten mich, wie ich auf der Werft herumspaziere.«

Ich wollte seine Gefühle nicht verletzen, aber ich hätte platzen können vor Lachen, als er die Werft entlanglief, wie ein Tanzbär in einer Hose, die zu eng für ihn war. Er war aber viel zu sehr zufrieden mit sich selbst, sodass ich ihm das nicht sagen wollte.

Er ging dann noch zwei- oder dreimal auf und ab und ich habe niemals in meinem Leben so etwas Lächerliches gesehen.

»Das mag ja gut genug für uns sein«, sagte er, »aber was ist mit anderen Leuten? Das will ich wissen.

Ich ziehe los, um einen Drink zu nehmen, und werde sehen, ob mich irgendjemand erkennt.«

Bevor ich ihn aufhalten konnte, lief er auch schon zur Bull's Head Kneipe und ging rein, während ich draußen stand und ihn beobachtete.

»Ein halbes Maß heller Bier«, sagte er und knallte einen Penny hin.

Ich sah, wie der Wirt das Bier zapfte und es ihm gab, aber er schenkte ihm sonst keine Beachtung.

Dann, nur um ihm seine Augen ein wenig zu öffnen, ging ich hinein, legte ebenfalls einen Penny hin und fragte auch nach einem halben Maß.

Der Wirt hatte zu diesem Zeitpunkt gerade seine Theke gewischt, und als ich ihm meine Bestellung gab, schaute er hoch, stand da und starrte mich an, mit dem nassen Tuch, das er bewegungslos in der Luft hielt.

Er sagte kein Wort – nicht ein einziges Wort. Er stand für einen weiteren Moment da und lachte uns wie irre an. Dann ließ er den Bierhahn los, den er mit seiner linken Hand umklammert hatte, und setzte sich ziemlich heftig auf den Boden.

Wir beide erhoben gleichzeitig unsere Köpfe über den Tresen, um zu sehen, was mit ihm passiert war, als er anfing, das schrecklichste Geräusch zu machen, dass ich je gehört hatte. Ich wundere mich, dass nicht gleich die Feuerwehr gekommen ist.

Der Schauspielerbursche schoss nach draußen, als würde man auf ihn schießen und ich dachte gerade daran, ihm zu folgen, als die Frau des Wirts und ihre beiden Töchter herausgerannt kamen und mich fragten, was ich mit ihm gemacht hätte.

»Da – da – da gab es zwei von ihm!«, stammelte der Wirt, der zitterte und sich am Arm seiner Frau festhielt, als sie ihm aufhalfen und zu einem Stuhl brachten. »Zwei von ihm!«

»Zwei von was?«, sagte seine Frau.

»Zwei – zwei Wachmänner«, sagte der Wirt, »beide sahen genau gleich aus und beide fragten nach einem Maß Bier.«

»Ja, ja«, sagte seine Frau.

»Du kommst jetzt mit und legst dich hin, Papa«, sagten die Töchter.

»Ich sage euch, dass die beiden da waren«, sprach der Wirt temperamentvoll, der seine Gesichtsfarbe zurückbekam.

»Ja, ja, ich weiß das alles«, sagte seine Frau. »Du kommst jetzt für eine Weile rein und Gertie, du bringst deinem Vater ein Sodawasser – ein großes Sodawasser.«

Nach einiger Aufregung brachten sie ihn weg, aber dreimal kam er wieder bis zur Tür zurück, hielt sich am Rahmen fest und betrachtete mich.

Beim letzten Mal schüttelte er den Kopf in meine Richtung und sagte zu mir, wenn ich das noch mal tun würde, könnte ich gehen und meine Maß woanders trinken.

Ich leerte auch das Glas, dass der Schauspieler zurückgelassen hatte und, nachdem ich dem Wirt erklärt hatte, dass ich hoffe, sein Sehvermögen würde am Morgen besser sein, ging ich raus.

Dann, nachdem ich mich sorgfältig umgesehen hatte, machte ich mich auf den Weg zurück zur Werft.

Ich drückte das Türchen ein wenig zur Seite und lugte hinein. Der Schauspieler stand direkt beim ersten Kran und unterhielt sich mit zwei der Arbeiter von dem Schiff 'Saltram'.

Er stand mit dem Rücken zum Licht, aber warum sie sich nicht wenigstens über seine Stimme gewundert hatten, weiß ich nicht.

Er war so damit beschäftigt, zu sprechen, dass ich an der Seite der Mauer entlang kriechen konnte, und zurück ins Büro gelangt bin, ohne dass sie mich sahen.

Ich ging in den privaten Büroteil, drehte das Gaslicht herunter und saß da und wartete auf ihn.

Dann hörte ich ein Geräusch von draußen, das mich zurück zur Tür brachte und mich dort festhielt.

Ich umklammerte den Türrahmen und schnappte nach Luft.

Der Koch der 'Saltram' saß auf einem Petroleumfass und spielte auf der Mundharmonika. Der Schauspieler, der seine Arme um seinen Magen herum gefaltet hatte, tanzte eine Hornpipe* (*Hornpfeife, alter Matrosentanz), als wäre er völlig durchgeknallt.

Ich habe in meinem ganzen Leben noch nicht so etwas Albernes gesehen. Aber als mir bewusst wurde, dass sie denken würden, das sei ich, wäre ich fast umgefallen.

Ein Mann von der Nachtwache kann nicht vorsichtig genug sein und ich wusste, dass man sich morgen in ganz Wapping erzählen würde, dass ich nach einer billigen Mundharmonika getanzt habe, die von einem Schiffskoch gespielt wurde.

Ein Mann, der seine Pflicht tut, hat stets eine Menge Leute um sich, die das Schlechteste von ihm denken.

Ich ging zurück ins dunkle Büro und wartete. Nach und nach hörte ich die Leute, die zum Haupttor kamen, ihm auf die Schulter klopften und sagten, dass er bei der Pantomime besser aufgehoben wäre, anstelle seine Zeit auf der Nachtwache zu vergeuden.

Er ließ sie am Tor zurück und kam lächelnd ins Büro, so, als würde er glauben, er hätte etwas Intelligentes angestellt.

»Was denken Sie von mir als Doppelgänger«, sagte er lachend. »Sie haben alle gedacht, ich wäre Sie. Es gab keinen, der auch nur den leisesten Verdacht gehabt hätte – nicht einen einzigen.«

»Und wie steht es mit meinem Charakter?«, sagte ich und verschränkte meine Arme vor der Brust, während ich ihn anschaute.

»Charakter?«, sagte er aufgeschreckt. »Da ist doch nichts dabei, wenn man tanzt. Das ist ein harmloses Vergnügen.«

»Das ist keines von meinen harmlosen Vergnügen«, sagte ich. »Ich möchte nicht damit in Verbindung gebracht werden. Wenn die Leute nicht schon den ganzen Tag im Pub verbracht hätten, wären Sie sofort entdeckt worden.«

»Oh!«, sagte er eingeschnappt. »Wie denn?«

»An ihrer Stimme«, sagte ich. »Sie versuchen, mich wie ein Plapperpapagei nachzumachen, und denken, dass ich das sei. Und außerdem laufen Sie herum, als wären Sie mit Sägemehl ausgestopft.«

»Ich bitte um Entschuldigung«, sagte er. »Die Stimme und der Gang stimmen genau. Ganz genau.«

»Was?«, sagte ich und betrachtete ihn rauf und runter. »Sie stehen da und haben die Unverschämtheit mir zu sagen, dass meine Stimme so klingt?«

»Ja, das mache ich«, sagte er.

»Dann tut es mir leid für Sie«, sagte ich. »Ich dachte, Sie hätten mehr Verstand.«

Er stand da und kaute an den Fingernägeln und schließlich sagte er, »sind Sie verheiratet?«

»Das bin ich«, sagte ich kurz.

»Wo wohnen Sie?«, kam die nächste Frage.

Ich habe ihm die Adresse gesagt.

»Sehr gut«, sagte er. »Vielleicht gelingt es mir, Sie am Ende doch zu überzeugen. Übrigens, wie nennen Sie ihre Frau? Missis?«

»Ja«, sagte ich und starrte ihn an. »Aber was hat das mit Ihnen zu tun?«

»Nichts«, sagte er, »nichts. Ich will nur die Stimme von dem Plapperpapagei und den Sägemehlgang bei ihr ausprobieren, das ist alles. Wenn ich Sie nicht täuschen kann, dann wäre die Sache erledigt.«

»Täuschen?«, sagte ich. »Glauben Sie, ich werde Sie zu meinem Haus gehen lassen und mich so bei ihr in Schwierigkeiten bringen? Sie müssen doch verrückt geworden sein; vielleicht Sie hat das Herumtanzen im Kopf verwirrt.«

»Wo wäre da der Schaden?«, sagte er sehr mürrisch.

»Schaden?«, sagte ich. »Ich werde keinen Schaden haben, das ist alles. Wenn Sie meine Frau kennen würden, wäre Ihnen das sofort klar.«

»Ich wette ein Pfund gegen einen Sixpence, dass sie mich nicht erkennen wird«, sagte er sehr ernst.

»Sie wird die Gelegenheit dazu nicht bekommen«, sagte ich, »und nun Schluss damit.«

Er stand da und argumentierte für ungefähr zehn Minuten, aber ich blieb hart wie ein Fels.

Ich bin keinen Zentimeter zurückgewichen und schließlich waren wir beide an einem Punkt, wo wir unsere Beherrschung verloren.

Er nahm seine Tasche und sagte, dass er jetzt nach Hause gehen müsste.

»Aber wollen Sie diese Dinge nicht erst ablegen?«, sagte ich.

»Nein«, sagte er mit einem Lächeln. »Ich warte, bis ich zuhause bin. Ich danke Ihnen!«

Er nahm seine Tasche über die Schulter und ging zum Tor, während ich ihm folgte.

»Ich denke, ich werde bald eine Kutsche finden«, sagte er. Auf Wiedersehen!«

»Worüber lachen Sie?«, sagte ich.

»Ich denke nur an etwas«, sagte er.

»Und haben Sie es noch weit?«, sagte ich.

»Nein, nur etwa die gleiche Strecke wie Sie«, sagte er und ging fort und zischte wie eine Sodaflasche.

Nachdem er gegangen war, nahm ich den Besen und war intensiv mit Kehren beschäftigt. Ich war gerade mittendrin, als der Koch zurückkam und die beiden anderen Burschen von der 'Saltram', zusammen mit drei anderen Seeleuten und einem Bierkutscher, die sie mitgebracht hatten, um mich TANZEN zu sehen.

»Den gleichen noch mal, wie vor einer Weile, Bill«, sagte der Koch, der seine fürchterliche Mundharmonika herausnahm und an seinem Ärmel abwischte. »Welche Melodie möchtest du haben?«

Ich konnte nicht von ihnen wegkommen, und als ich ihnen sagte, dass ich niemals zuvor in meinem Leben getanzt hatte, fragte mich der Koch, was mit mir los sei.

Er hatte dem Bierkutscher gesagt, dass ich zuvor wie eine Elfe in Seemannsstiefeln getanzt hatte, und alle stellten sich vor mir auf und wollten mich nicht vorbeilassen.

Schließlich verlor ich meine Beherrschung. Nachdem sie mir meinen Besen weggenommen hatten und der Bierkutscher und einer der Seeleute mir gesagt hatte, was sie mit mir machen würden, wenn ich fünfzig Jahre jünger wäre, zogen sie endlich von dannen.

Ich verschloss das Tor hinter ihnen und ging zurück ins Büro.

Keine halbe Stunde war ich dort, als jemand an der Türglocke klingelte, als wäre er verrückt geworden.

Ich dachte zuerst, das wäre der Haufen vom Koch, der zurückgekommen war, deshalb öffnete ich zuerst nur ein wenig das kleine Türchen und spähte hinaus.

Draußen stand eine schöne Kutsche und kaum hatte ich meine Nase in den Schlitz gesteckt, drückte der Schauspieler, der noch in meinen Kleidern war, die Tür auf und schaute herein.

»Sie haben verloren«, sagte er, als er die Tür weiter öffnete und über alle Backen strahlte. »Wo ist ihr Sixpence?«

»Verloren?«, sagte ich, kaum in der Lage zu sprechen. »Wollen Sie mir etwa sagen, dass Sie trotz allem bei meiner Frau waren – nach all dem, was ich Ihnen gesagt habe?«

»Ja, ich war da«, sagte er nickend und lächelte erneut.

»Ich konnte die beiden täuschen, so leicht, wie es nur gehen kann.«

»Beide?«, sagte ich und starrte ihn an. »Beide was? Wie viele Frauen, denken Sie, habe ich? Was meinen Sie damit?«

»Nachdem ich Sie verlassen hatte«, sagte er und gab mir einen kleinen Stoß in die Rippen, »habe ich eine Kutsche gefunden und, nachdem ich meine Tasche an der Aldgate Station gelassen hatte, fuhr ich weiter zu ihrem Haus und klopfte an der Tür.

Ich habe zweimal geklopft und dann öffnete mir eine ärgerlich dreinblickende Frau und fragte mich, was ich wolle.«

»Es ist alles in Ordnung, Missis«, sagte ich. Ich habe eine halbe Stunde frei und bin gekommen, um dich auf einen Spaziergang mitzunehmen.

»'Was?', sagte sie, als sie sich erschreckt zurückzog.«

»Nur ein kleiner Rundgang, um die Geschäfte zu besuchen«, sagte ich, »und wenn es etwas Besonderes gibt, dass du haben willst und nicht zu viel kostet, sollst du es haben.«

»Zuerst dachte ich, wegen der Art, wie sie es aufnahm, dass sie nicht daran gewöhnt ist, dass Sie ihr Sachen schenken.«

»'Wie können Sie es wagen!', sagte sie. 'Ich lasse Sie einsperren. Wie können Sie es wagen, eine angesehene und verheiratete Frau zu beleidigen? Warten Sie nur, bis mein Mann nach Hause kommt.'«

»Aber ich bin dein Mann, sagte ich. Erkennst du mich nicht meine Hübsche? Erkennst du nicht deinen Lieblings-Matrosenjungen?«

»Sie kreischte wie eine Dampfmaschine und dann ging sie zur Nachbartür und begann wie verrückt zu klopfen. Erst jetzt hatte ich begriffen, dass ich versehentlich zur Nummer zwölf gegangen bin, anstatt zur Nummer vierzehn.«

»Ihre Frau, ihre richtige Frau, kam aus der Nummer vierzehn heraus – sie war noch schlimmer als die andere. Aber beide dachten, dass Sie es wären – daran kann es keinen Zweifel geben.«

»Sie haben mich die Straße entlang gejagt, und wenn es nicht wegen dieser Kutsche gewesen wäre, die gerade vorbeikam, weiß ich nicht, was mit mir passiert wäre.«

Er schüttelte seinen Kopf und lächelte wieder. Nachdem er das Türchen wieder einen Spalt geöffnet und dem Kutscher gesagt hatte, dass es nicht mehr lange dauern würde, dreht er sich zu mir hin und verlangte nach seinem Sixpence, den er an seiner Uhrkette tragen wollte.

»Sixpence!«, sagte ich. »SIXPENCE! Was denken Sie, was mit mir passiert, wenn ich nach Hause komme?«

»Oh, daran habe ich gar nicht gedacht«, sagte er. »Ja, natürlich.«

»Was ist mit der Eifersucht meiner Frau?«, sagte ich. »Was ist mit der anderen Frau und ihrem Mann, ein Fassmacher, so groß wie ein Haus?«

»Gut, gut«, sagte er, »man kann ja nicht immer an alles denken. Ich werde mich deshalb auch in hundert Jahren nicht geändert haben.«

»Schauen Sie her«, sagte ich und fasste seine Schulter mit einem eisernen Griff. »Sie kommen jetzt sofort mit mir in dieser Kutsche und erklären es. Verstehen Sie? Das ist alles, was Sie machen müssen.«

»Also gut«, sagte er, »selbstverständlich. Ist der Mann übel gelaunt?«

»Das werden Sie sehen«, sagte ich, »aber das ist ihre Sache. Kommen sie mit.«

»Mit Vergnügen«, sagte er und half mir in die Kutsche hinein. »Warten Sie einen Moment, während ich dem Kutscher sage, wohin er fahren soll.«

Er ging ans hintere Ende der Kutsche, und noch bevor ich wusste, was geschah, hörte das Pferd einen Schnalzer mit der Peitsche über seinem Kopf und rannte im Galopp los.

Ich öffnete die kleine Klappe, um dem Kutscher zu sagen, dass er anhalten solle, aber er nahm nicht die geringste Notiz von mir, und nachdem ich es dreimal versucht hatte, hielt er sie verschlossen, sodass ich sie nicht mehr öffnen konnte.

Es hatte sich schon eine Menschenmenge vor meiner Haustür versammelt, als die Kutsche vorfuhr, und in der Mitte standen meine Frau, die Frau von nebenan und ihr Mann, der gerade nach Hause gekommen war. Ein halbes Dutzend von ihnen half mir heraus, und noch bevor ich ein Wort sagen konnte, fuhr der Kutscher davon und ließ mich dort stehen.

Ich träume heute noch manchmal davon, wie ich dastand und erklärte und erklärte, bis schließlich, nachdem ich es auch nicht länger ertragen konnte, zwei Polizisten vorbeikamen und mich nach drinnen begleiteten.

Wenn Sie es umgekehrt gemacht und meine Frau nach draußen begleitet hätten, wäre dieser schlimme Traum, wenn er wieder kommt, für mich heute leichter zu ertragen.

GEISTERWACHE

Geisterwache

»Ich bin der glücklichste Mann auf der Welt«, sagte Mr. Farrer in einer Stimmung verträumter Zärtlichkeit.

Miss Ward seufzte. »Warte nur, bis mein Vater hereinkommt«, sagte sie.

Mr. Farrer äugte durch die Pflanzen auf der Fensterbank hindurch, die eine willkommene Abschirmung vor dem Fenster bildeten, und lauschte mit unbehaglichem Gefühl.

Er wartete auf die festen, federnden Schritte, welche die Ankunft von Ex-Hauptfeldwebel Ward ankündigen würden. Ein Druck durch die Hand von Miss Ward erneuerte seinen Mut.

»Vielleicht hätte ich besser das Licht anmachen sollen«, sagte das Mädchen. »Ich wundere mich auch, wo Mutter steckt?«

»Sie ist auf jeden Fall auf meiner Seite«, sagte Mr. Farrer.

»Meine arme Mutter!«, sagte das Mädchen. »Sie traut sich noch nicht einmal, ihre Seele ihre eigene zu nennen. Ich glaube, sie sitzt im Schlafzimmer hinter einer geschlossenen Tür. Sie hasst Unannehmlichkeiten und es wird sicher welche geben.«

»Das glaube ich auch«, sagte der junge Mann mit einem leichten Seufzer. »Aber warum ist das eigentlich so? Er wird doch nicht wollen, dass du dein ganzes Leben allein bleibst, oder doch?«

»Er will, dass ich einen Soldaten heirate«, sagte Miss Ward. »Er sagt, dass die jungen Männer von heute zu weich sind. Die einzigen Dinge, an die er denkt, sind Mut und Stärke.«

Sie erhob sich, stellte die Lampe auf den Tisch, entfernte den Glasschirm und suchte dann im Zimmer nach Streichhölzern. Mr. Farrer, der eigentlich selbst zwei Schachteln davon in seiner Tasche hatte, half ihr dabei.

Schließlich fanden sie eine Schachtel auf dem Kaminsims. Mr. Farrer stützte sie ein wenig, indem er einen Arm um ihre Hüfte legte, als sie die Lampe anzündete.

Ein plötzlicher Aufschrei von draußen erinnerte sie daran, dass die Jalousien noch nicht geschlossen waren. Sie sprangen entsetzt auseinander, als ein grauhaariger und aufrechter Krieger in den Raum stürmte und sie zur Rede stellte.

»Zieht diese Jalousie runter«, brüllte er.

»Nicht Sie«, fuhr er fort, als Mr. Farrer herbeieilte, um zu helfen.

»Was erlauben Sie sich, meine Jalousien zu berühren? Was erlauben Sie sich, meine Tochter zu umarmen?«

»Na? Warum antworten Sie nicht?«

»Wir – wir werden uns verheiraten«, sagte Mr. Farrer, der es ohne Umschweife aussprechen wollte.

Der Hauptfeldwebel baute sich vor ihm auf und der junge Mann schaute erschreckt auf eine Brust, die so aussah, als würde sie niemals aufhören sich zu vergrößern.

»Verheiraten!«, rief der Hauptfeldwebel heraus, begleitet von einem grimmigen Lachen. »Verheiraten mit einem kleinen Häschen! Davon müsste ich wissen.«

»Wo ist deine Mutter?«, fragte er, als er sich zu dem Mädchen hindrehte.

»Oben«, antwortete sie.

»Der Ton ihres Vaters wurde lauter und aus dem oberen Stockwerk kam eine nervöse Stimme. Eine Minute später kam Mrs. Ward herunter ins Zimmer, bleich wie eine weiße Wand.

»Hier passieren ja tolle Sachen!«, sagte der Hauptfeldwebel scharf. »Ich gehe raus für einen kurzen Spaziergang, und als ich wieder nach Hause komme – hat diese verdammte Kakerlake seinen Arm um die Taille meiner Tochter gelegt.«

»Warum passt du nicht auf sie auf? Weißt du eigentlich etwas darüber?«

Seine Frau schüttelte den Kopf.

Ein Meter sechzig und fünfundsiebzig Zentimeter Brustumfang wollen meine Tochter heiraten«, sagte der Hauptfeldwebel spöttisch. »Na, was soll das bedeuten? Was sagen Sie dazu? Was?«

»Ich würde sagen, dass das eine ziemlich stattliche Größe für eine Kakerlake ist«, murmelte Mr. Farrer trotzig. »Und außerdem, Größe ist nicht alles. Wenn nur das zählen würde, wären sie General geworden und nicht nur Hauptfeldwebel.«

»Sie verschwinden sofort aus meinem Haus«, sagte der andere, sobald er wieder Luft holen konnte. »Machen Sie das sofort.«

»Ich gehe«, sagte der gekränkte Mr. Farrer. »Es tut mir leid, wenn ich unhöflich war. Ich kam mit der Absicht, Sie heute Nacht zu sehen. Bertha – Miss Ward, meine ich – hat mir von ihren Vorstellungen erzählt, aber ich konnte es nicht glauben. Ich dachte, Sie hätten mehr Verstand als einen Mann abzulehnen, nur weil er kein Soldat war.«

»Ich will einen Mann als Schwiegersohn«, sagte der andere. »Ich habe nicht gesagt, dass er ein Soldat sein muss.«

»Ist das so?«, sagte Mr. Farrer. »Sie sind doch ein Mann, nicht wahr? Nun, ich kann alles machen, was Sie machen können.«

»Bah!«, sagte der Hauptfeldwebel. Ich habe meinen kleinen Teil schon geleistet. Ich war vier Mal im Kampf und wurde an drei verschiedenen Orten verwundet. Das ist meine Strichliste.«

»Der Oberst hatte einst gesagt, dass mein Mann nicht wüsste, was Furcht ist«, sagte Mrs. Ward schüchtern. »Er hat vor nichts Angst.

»Außer vor Geistern«, bemerkte ihre Tochter mit sanfter Stimme.

»Hüte deine Zunge, Fräulein«, sagte ihr Vater und verdrehte seinen Schnurrbart. »Kein Mann, der seine Sinne beisammenhat, hat Angst vor etwas, dass es nicht gibt.«

»Eine Menge Leute glauben, dass es sie doch gibt«, sagte Mr. Farrer, der sich einmischte. »Ich habe neulich abends gehört, dass der alte Geist der Familie Smith wieder gesehen wurde, wie er sich vom Apfelbaum heruntergeschwungen hatte. Drei Leute haben ihn beobachtet.«

»Blödsinn«, sagte der Hauptfeldwebel.

»Vielleicht«, sagte der junge Mann. »Aber ich wette mit Ihnen, dass Sie, trotz ihres ganzen Muts, nicht allein um Mitternacht dort hingehen, um es selbst zu sehen.«

»Ich dachte, ich hätte Ihnen gerade befohlen, mein Haus zu verlassen«, sagte der Hauptfeldwebel und starrte ihn an.

»In den Kampf ziehen«, sagte Mr. Farrer, der an der Tür anhielt, »ist eine Sache – wenn Sie Befehlen gehorchen müssen und keine andere Wahl haben; aber in eine einsame Hütte zu gehen, zwei Meilen entfernt, um den Geist eines Mannes zu sehen, der sich erhängt hat, ist eine andere.«

»Wollen Sie damit sagen, dass ich Angst hätte«, tobte Mr. Ward.

Mr. Farrer schüttelte seinen Kopf. »Ich sage überhaupt nichts«, bemerkte er; »aber selbst eine Kakerlake denkt ab und zu ein wenig nach.«

»Vielleicht würden Sie jetzt doch besser gehen«, sagte der Hauptfeldwebel.

»Ist schon in Ordnung«, sagte der junge Mann, »aber vielleicht denken Sie ein wenig besser von mir, Mr. Ward, wenn ich das mache, wovor Sie Angst haben …«

Mrs. Ward und ihre Tochter warfen sich hastig zwischen den Hauptfeldwebel und sein beabsichtigtes Opfer. Mr. Farrer, bleich aber entschlossen, blieb standhaft.

»Sie trauen sich nicht, hinauszugehen und dort eine Nacht alleine zu verbringen«, sagte er.

»Sie trauen sich nicht«, sagte der aufgebrachte Krieger mit keuchender Stimme.

»Gut, dann verbringe die Nacht von Mittwoch dort«, sagte Mr. Farrer, »und dann komme ich am Donnerstag vorbei und lasse Sie wissen, wie es mir ergangen ist.«

»Das könnte ihnen so passen«, sagte der andere, »aber ich will Sie hier nicht haben und was noch wichtiger ist, es wird auch nicht passieren.«

»Sie können gerne zu der Smith-Hütte gehen, am Mittwoch um Mitternacht, wenn Sie es wollen, und ich werde irgendwann hinkommen, zwischen Mitternacht und drei Uhr, um sicherzugehen, dass Sie dort sind. Haben Sie das verstanden? Ich werde Ihnen schon zeigen, ob ich Angst habe oder nicht.«

»Es gibt gar keinen Grund Angst zu haben«, sagte Mr. Farrer. »Ich werde dort sein, um Sie zu beschützen. Es ist wirklich etwas anderes, alleine dort zu sein, wie ich es sein werde. Natürlich könnten Sie die folgende Nacht auch alleine dort hingehen und auf mich warten, das heißt, falls Sie ihren Mut beweisen wollen.«

»Wenn ich mich herumkommandieren lassen will«, sagte der Hauptfeldwebel mit Nachdruck, »dann werde ich Sie das wissen lassen. Und nun gehen Sie, bevor ich etwas tue, was ich später bereuen könnte.«

Er stand im Türrahmen, aufrecht wie ein Rammpfahl und sah dem jungen Mann auf der Straße nach. Seine Unterhaltung am Abendbrottisch drehte sich dann fast ausschließlich um Hundewelpen und die beste Methode sie zu trainieren.

Für die nächsten ein oder zwei Tage hielt er stets ein waches Auge auf seine Tochter, aber die menschliche Natur hat seine Grenzen. Eines Nachmittags versuchte er, in seinem bequemen Sessel etwas zu dösen, mit einem geöffneten Auge, aber die ausgeprägte Ruhe, die Miss Ward an den Tag legte, war zu viel für ihn und er schlief ganz ein.

Aus seiner Richtung kam bald ein gleichmäßiges Brummen und fünf Minuten später eilte Miss Ward hinaus und suchte nach Mr. Farrer.

»Ich musste kommen, Ted«, sagte sie, völlig außer Atem, »denn morgen ist Mittwoch. Ich muss dir etwas sagen, ich weiß aber nicht, ob ich das tun sollte.«

»Sag es mir und ich werde entscheiden«, sagte Mr. Farrer zärtlich.

»Ich – ich habe solche Angst, dass du erschreckt wirst«, sagte das Mädchen. »Ich sage dir nicht, warum, ich gebe dir aber einen Hinweis: Wenn du etwas Fürchterliches siehst, hab keine Angst.«

Mr. Farrer streichelte ihre Hand. »Das Einzige, wovor ich mich fürchte, ist dein Vater«, sagte er sanft.

»Oh!«, sagte das Mädchen und schlug die Hände zusammen. »Du hast es erraten.«

»Es erraten?«, sagte Mr. Farrer.

Miss Ward nickte. »Ich bin heute Morgen zufällig an seiner Tür vorbeigegangen«, sagte sie mit gedämpfter Stimme. »Sie war ein wenig geöffnet und er stand da und hielt sich eines der Nachthemden von meiner Mutter vor die Brust. Ich wusste erst nicht, was er da macht.«

Mr. Farrer pfiff vor sich hin und sein Gesicht verhärtete sich. »Das ist kein faires Spiel«, sagte er schließlich. »Nun gut, ich bin bereit für ihn.«

»Er liebt es nicht, unrecht zu haben«, sagte Miss Ward. »Er will beweisen, dass du keinen Mut hast. Er wäre sehr enttäuscht, wenn er herausfinden würde, dass es nicht so ist.«

»Aber trotzdem«, sagte Mr. Farrer, »du bist ein Engel, dass du zu mir gekommen bist.«

»Mein Vater würde mir dafür einen anderen Namen geben, denke ich«, sagte Miss Ward mit einem Lächeln. »Ich will zurückgehen, bevor er wieder aufwacht.«

Sie saß wieder in ihrem Stuhl und lauschte dem Schlummern ihres Vaters, eine halbe Stunde, bevor er wieder aufwachte.

»Ich wollte etwas zusätzlichen Schlaf bekommen, wegen morgen Nacht«, sagte er, als er plötzlich seine Augen öffnete.« Seine Tochter nickte.

»Das zeigt Willensstärke«, fuhr der Hauptfeldwebel fort und erschien dabei sehr freundlich. »Wellington konnte zu jeder Zeit schlafen, nur dadurch, dass er es wünschte. Ich bin von der gleichen Art, ich kann mit fünf Minuten Vorankündigung einschlafen.«

»Das ist ein sehr wertvolles Geschenk«, sagte Miss Ward andächtig, »sehr wertvoll.«

Mr. Ward machte noch zwei Nickerchen am nächsten Tag. Von dem zweiten erwachte er um zwölf Uhr dreißig in der Nacht. Er erhob sich, in einem etwas misslichen Gemütszustand, und streckte sich.

Im Haus war es sehr ruhig, er nahm ein kleines Paket aus braunem Karton hinter dem Sofa hervor, löschte die Lampe, setzte seine Mütze auf und öffnete die Ausgangstür.

Wenn schon das Haus still war, erschien nun die Straße im Vergleich dazu wie tot. Er schloss leise die Tür und trat hinaus in die Dunkelheit. In einer Art und Weise, wie man es bei 'unserer Armee in Flandern*' gemacht hätte, verfluchte er die Vorfahren, den Namen und die Geburt von Mr. Edward Farrer.

(*mit Bezug auf die britischen Truppen 'our army in Flanders' in der Koalition gegen die französische Revolutionsarmee).

Nicht eine einzige Seele war auf der Straße; kein Licht in irgendeinem Fenster. Er ließ die kleine Stadt hinter sich, lief an dem letzten, alleine stehenden Haus an der Straße vorbei und ging in die noch stärkere Dunkelheit, auf einem Weg zwischen hohen Hecken.

Er hatte seine Leinenschuhe mit Gummisohlen angezogen, um Mr. Farrer noch mehr zu überraschen und selbst seine eigenen Fortbewegungen erschienen von gespenstischer Natur zu sein. Jede Geistergeschichte, die er jemals zu hören bekam, kroch in sein Gedächtnis. Zum ersten Mal hatte er das Gefühl, dass schon der Gedanke an die Gesellschaft von Mr. Farrer besser war, als keine Gesellschaft.

Die Nacht war so dunkel, dass er fast die Abzweigung zur Hütte verpasst hätte. Auf den ersten paar Metern musste er sich seinen Weg fast ertasten und mit einem immer stärkeren Verlangen nach der Anwesenheit von Mr. Farrer, richtete er sich auf und marschierte schnell und geräuschlos in Richtung der Hütte.

Es war ein kleiner, verfallener Ort, gut versteckt hinter einem überwucherten Garten. Der Hauptfeldwebel hielt an, kurz bevor er das Tor erreichte und, verdeckt durch eine Hecke, schnürte er sein Paket auf und holte das beste Nachthemd seiner Frau heraus. Unter einigen Schwierigkeiten bekam er es gerade so über seinen Kopf. Dann steckte er seine Arme in die Ärmel und versuchte vergebens seine großen Hände durch die engen, mit Spitze verkleideten Manschetten zu bekommen.

Trotz höchster Anstrengung, schaffte er es nur, zwei oder drei Finger hindurch zu bekommen und nach einer vergeblichen Suche nach seiner Mütze, die in diesem Kampf heruntergefallen war, ging er zum Tor und stand wartend da.

In diesem Moment kam ihm der Gedanke, dass Mr. Farrer es versäumt haben könnte, seine Verabredung einzuhalten.

Seine Knie schlotterten ein wenig und er lauschte gespannt auf irgendwelche Geräusche aus dem Haus. Er klapperte mit dem Tor und stand mit weit ausgestreckten Armen da und wartete. Nichts passierte. Er rüttelte noch ein weiteres Mal daran, bevor er sich zusammenriss. Er öffnete es und huschte in den Garten.

Als er dies tat, zog sich vor ihm ein langer, abgebrochener Ast zurück, der in der Mitte des Fußwegs lag, um ihn vorbeizulassen.

Mr. Ward hielt sofort an. Er richtete seinen Blick auf den Ast und beobachtete ihn, wie er über das Gras glitt, bis er von der Dunkelheit verschluckt wurde.

Seine eigenen Ideen, um Mr. Farrer zu erschrecken, waren vergessen und in einer trockenen, würgenden Stimme rief er nach dem Namen dieses Gentlemans.

Er rief zwei oder drei Mal, es kam aber keine Antwort und dann, in einem Zustand der Panik, ging er langsam rückwärts zum Tor mit den Augen fest auf das Haus gerichtet.

Ein lauter Krach erklang von irgendwo da drinnen, die Tür wurde wild aufgerissen und eine grausame, weiß verhüllte Gestalt hüpfte herum und hockte sich auf die Stufen.

Es war offensichtlich für den Hauptfeldwebel, dass Mr. Farrer nicht da war und dass es keinen vernünftigen Zweck erfüllen würde, wenn er selbst weiter dabliebe. Es war augenscheinlich, dass der Mut den jungen Mann verlassen hatte. Mit seinem grauen Kopf hoch erhoben, mit Ellbogen, die wie die Segel einer Windmühle arbeiteten und mit dem Nachthemd, das hinter ihm flatterte, richtete der Hauptfeldwebel seine eilenden Schritte wieder nach Hause.

Nach einer Weile verlangsamte er seinen Gang in ein normales Tempo und schaute vorsichtig über seine Schulter. Soweit er sehen konnte, war er allein, aber die Stille und Einsamkeit war bedrückend. Er schaute nochmals hin und dann, ohne sich nochmals zu versichern, dass seine Augen ihn nicht getäuscht hatten, fing er an zu rennen.

Abwechselnd laufend und rennend kam er in die Stadt zurück und ging schließlich flugs die Straßen entlang zu seinem Haus. Burgess, der Wachtmeister, der aus der anderen Richtung herankam, erreichte es etwa zur gleichen Zeit. Er dreht das Licht seiner Laterne hoch und stand staunend da.

»Ist etwas nicht in Ordnung«, wollte er wissen.

»Nicht in Ordnung?«, keuchte der Hauptfeldwebel und versuchte etwas Überraschung und Erhabenheit in seine Stimme zu legen. »Nein, alles in Ordnung.«

»Ich dachte zuerst, da würde eine Lady schlafwandeln«, sagte der Wachtmeister, »eine große Lady.«

Der Hauptfeldwebel wurde sich plötzlich des Nachthemds bewusst. »Ich habe – einen kleinen Spaziergang gemacht«, sagte er, immer noch nach Luft schnappend. »Ich habe mich ein wenig kühl gefühlt – deshalb – habe ich das angezogen.«

»Das steht Ihnen auch sehr gut«, sagte der Wachtmeister steif. »Ihr Leute von der Armee seid ja immer etwas modebewusster. Wenn ich so etwas anzöge, würde ich mich lächerlich machen.«

Die Tür öffnete sich, noch bevor Mr. Ward antworten konnte. Es erschienen, im Licht einer Nachtkerze, die erstaunten Gesichtsausdrücke von Frau und Tochter.

»George!«, rief Mrs. Ward.

»Vater!«, sagte Miss Ward.

Der Hauptfeldwebel wankte herein, und als er das vordere Zimmer erreicht hatte, ließ er sich in den Sessel fallen. Ein volles Glas Whisky und etwas Wasser, die ihm von seiner Tochter gereicht wurden, gingen in einem Schluck hinunter.

»Bist du wirklich gegangen?«, fragte Mrs. Ward und schlug die Hände zusammen.

Der Hauptfeldwebel, der sich voll bewusst war, welcher Verdacht aufgekommen könnte, aufgrund seiner ungewöhnlichen Erscheinung, sammelte seine Sinne.

»Ich werde mich hüten«, sagte er mit einem kurzen Lachen.

»Nachdem ich rausgegangen war«, erklärte er, »wusste ich, dass es keinen Sinn machen würde, nach diesem jungen Schnösel zu suchen. Er würde genauso wenig daran denken, dorthin zu gehen, als zu dorthin zu fliegen. «

»Ich bin nur ein wenig die Straße hinunter gegangen«, versuchte er sich herauszureden, »und dann bin ich zurück gebummelt.«

»Aber – mein Nachthemd«, sagte die sich wundernde Mrs. Ward.

»Ich habe es angezogen, um den Wachtmeister zu erschrecken«, sagte ihr Mann.

Er stand auf und erlaubte ihr, ihm beim Ausziehen zu helfen. Sein Gesicht war rot angelaufen und sein Haar zerzaust, aber die strahlende Grimmigkeit seiner Augen war ungestillt. In gehorsamer Weise folgte sie ihm ins Bett.

Er ist am nächsten Morgen spät aufgestanden und frühstückte nur schlecht. Sein Schläfchen nach dem Mittagessen war gestört und sogar die Teezeit ging zu Ende, ohne dass er seine ersehnte Ruhe wiederhatte.

Eine Stunde später brachte ihn das würdevolle und anklagende Erscheinen von Mr. Farrer erneut auf die Palme.

»Ich bin gekommen, um Sie wegen letzter Nacht zu sehen«, sagte Mr. Farrer, bevor der andere noch etwas sagen konnte. »Ein Spaß ist ein Spaß, aber als Sie sagten, dass Sie kommen würden, habe ich natürlich erwartet, dass Sie ihr Wort halten.«

»Mein Wort halten?«, wiederholte der Hauptfeldwebel, der fast vor Zorn erstickte.

»Ich bin in dieser einsamen Hütte von Mitternacht bis drei Uhr geblieben, wie ausgemacht, und habe auf Sie gewartet«, sagte Mr. Farrer.

»Sie waren nicht da«, schrie der Hauptfeldwebel.

»Wie können Sie das wissen?«, sagte der andere.

Der Hauptfeldwebel schaute sich hilflos nach seiner Frau und Tochter um.

»Beweisen Sie es«, sagte Mr. Farrer, der seinen Vorteil nutzte. »Sie haben meinen Mut infrage gestellt und ich bin dort für drei Stunden geblieben. Wo waren Sie?«

»Sie waren nicht da«, sagte der Hauptfeldwebel. »Sie können mich nicht täuschen. Sie hatten Angst.«

»Ich war da und ich schwöre es«, sagte Mr. Farrer. »Es ist noch kein Schaden angerichtet worden. Ich gehe heute Nacht wieder dorthin. Trauen Sie sich, zu kommen, um mich zu besuchen?«

»Trauen?«, sagte der Hauptfeldwebel und schluckte. »Trauen?«

»Trauen«, wiederholte der andere, »und wenn Sie diesmal nicht kommen, werde ich das in ganzen Stadt Marcham herumerzählen. Morgen Nacht können Sie dorthin gehen und auf mich warten, wenn Sie sehen wollen, was ich gesehen habe…«

»Oh Ted!«, sagte Miss Ward mit Erschauern.

»Gesehen?«, sagte der Hauptfeldwebel und sprang auf.

»Nichts Gefährliches«, sagte Mr. Farrer ruhig.

»In der Tat, war es aber sehr interessant«, fügte er noch hinzu.

»Was war interessant?«, fragte der Hauptfeldwebel.

»Es klingt sicher sehr verrückt«, sagte Mr. Farrer bedächtig. »Ich sehe immer noch einen abgebrochenen Ast, der sich durch den Garten bewegt hat.«

»Mr. Ward betrachtete ihn mit offenem Mund.

»Noch etwas?«, fragte er mit rauer Stimme.

»Eine Gestalt, ganz in Weiß«, sagte Mr. Farrer, »mit langen, winkenden Armen, die wie ein Frosch herumhüpfte.«

»Ich nehme an, Sie glauben mir nicht, aber wenn Sie heute Nacht kommen, können Sie es vielleicht mit eigenen Augen sehen. Es ist sehr interessant.«

»Hatten – hatten Sie Angst?«, fragte die staunende Mrs. Ward.

Mr. Farrer schüttelte den Kopf. »Da müsste schon mehr kommen, um mich zu erschrecken«, sagte er kurz. »Ich sollte mich schämen, wenn ich vor so einem armen Ding Angst hätte. Es könnte mir kein Leid antun.«

»Haben Sie das Gesicht gesehen?«, fragte Mrs. Ward nervös.

Mr. Farrer schüttelte den Kopf.

»Was für eine Art Körper hatte es?«, sagte ihre Tochter.

»Einen guten, soweit ich sehen konnte«, sagte Mr. Farrer. Einen sehr guten Körper – nicht groß, aber gut gebaut.«

Ein unheimlicher Gedanke, der in dem Hauptfeldwebel aufkeimte, begann Gestalt anzunehmen.

»Haben Sie noch etwas anders gesehen?«, fragte er scharf.

»Ja, noch eine Gestalt«, sagte Mr. Farrer, und sah ihn freundlich an. »Eine, die ich den rennenden Geist nennen möchte.«

»Renn –«, begann der Hauptfeldwebel und brach plötzlich ab.

»Sie kam zum Eingangstor«, fuhr Mr. Farrer fort. »Eine große, durchtrainierte Gestalt von martialischem Auftreten – ziemlich genau ihre Größe, Mr. Ward – mit einem wunderschönen, durchsichtigen Gewand, das bis zu den Knien herunterging…«

Er brach ein wenig verwundert ab und starrte auf Mrs. Ward, da sie ihr Taschentuch im Mund stecken hatte und hilflos in ihrem Stuhl schaukelte.

»Bis zu den Knien«, wiederholte er.

»Sie kam den Weg herunter und hielt auf halber Strecke vor dem Haus an. Dann rief sie, in einer ängstlichen Stimme, meinen Namen. Ich war natürlich überrascht, aber bevor ich zu ihr kommen konnte – um mich zu versichern…«

»Das reicht!«, sagte der Hauptfeldwebel, der sich hastig erhob und sich in voller Höhe hinstellte.

»Sie haben mich danach gefragt«, sagte Mr. Farrer mit einer beleidigten Stimme.

»Ich weiß, dass ich das getan habe«, sagte der Hauptfeldwebel schwer atmend. »Ich weiß, dass ich das getan habe, aber wenn ich hier sitzen soll, um mir noch mehr von ihren Lügen anzuhören, werde ich krank werden. Das Beste, was Sie tun können, ist, dass Sie mit diesem herumkichernden Mädchen rausgehen und ihr ein wenig frische Luft verschaffen.«

»Ich bin fertig mit ihr, soll sie doch machen, was sie will.«

DIE DREI SCHWESTERN

Vor dreißig Jahren, an einem nassen Herbstabend, versammelte sich die Hausgemeinschaft von Mallet's Lodge rund um das Totenbett von Ursula Mallow, die älteste von drei Schwestern, die das Anwesen geerbt hatte.

Die schmuddeligen, mottenzerfressenen Vorhänge des alten Bettgestells waren auseinandergezogen und das Licht einer rauchenden Öllampe fiel auf das hoffnungsleere Antlitz der sterbenden Frau, als sie ihre trüben Augen auf ihre Schwestern richtete.

Im Raum herrschte Stille, ausgenommen ein gelegentliches Schluchzen von der jüngsten Schwester Eunice, und draußen peitschte der Regen unaufhörlich über die dampfenden Sümpfe.

»Nichts soll hier verändert werden, Tabitha«, sagte die keuchende Ursula zu ihrer anderen Schwester, die eine frappierende Ähnlichkeit mit ihr hatte, obwohl ihr Ausdruck härter und kälter war. »Dieser Raum soll verschlossen und niemals wieder geöffnet werden.«

»In Ordnung«, sagte Tabitha, »obwohl ich nicht sehen kann, welches Interesse du daran noch hast.«

»Es ist keinesfalls egal«, sagte ihre Schwester mit überraschend wiederkehrender Energie. »Wie kannst du wissen – ja, wie kannst du wissen – dass ich nicht eines Tages komme, um es zu besuchen.«

»Ich habe schon so lange in diesem Haus gewohnt und ich bin mir sicher, dass ich es eines Tages wiedersehen werde. Ich komme zurück, um über euch beide zu wachen, und werde dafür sorgen, dass euch kein Schaden zugefügt wird.«

»Du redest verrückte Dinge«, sagte Tabitha, völlig unbeeindruckt von der Fürsorglichkeit ihrer Schwester für ihr Wohlergehen. »Deine Gedanken schweifen ab; du weißt, dass ich nicht an solche Dinge glaube.«

Ursula seufzte und Eunice, die still an der Seite ihres Bettes weinte, legte ihre gebrechlichen Arme um ihren Hals und küsste sie.

»Weine nicht, meine Liebe«, sagte Ursula mit schwacher Stimme. »Vielleicht ist es besser so. Das Leben einer einsamen Frau ist kaum lebenswert. Wir haben keine Hoffnung, keine Wünsche. Andere Frauen haben fröhliche Ehemänner und Kinder. Wir aber, an diesem vergessenen Ort, sind zusammen alt geworden. Ich gehe zuerst, aber ihr werdet bald folgen müssen.«

Tabitha, sich sehr wohl bewusst, dass sie nur vierzig Jahre alt war und eine eiserne Kondition hatte, zuckte nur mit den Schultern und lächelte verbissen.

»Ich gehe zuerst«, wiederholte Ursula, mit einer anderen und seltsamen Stimme, als sich ihre schweren Augen langsam schlossen. »Aber ich werde bei jedem von euch beiden wiederkommen, wenn euer Leben zu Ende geht. In diesen Momenten werde ich bei euch sein und eure Schritte dahin leiten, wohin ich jetzt gehe.«

Als sie sprach, erlosch die flackernde Lampe, so plötzlich, als wäre sie von einer flinken Hand erstickt worden, und das Zimmer war jetzt in eine große Dunkelheit gehüllt. Ein seltsames, erstickendes Geräusch kam vom Bett, und als die zitternden Frauen die Lampe wieder angemacht hatten, war alles, was von Ursula Mallow zurückgeblieben war, bereit für das Grab.

Die Zurückgebliebenen verbrachten die Nacht zusammen. Die verstorbene Frau hatte fest an die Existenz dieses schattenhaften Grenzlands geglaubt, von dem man sagt, dass es eine ungeweihte Verbindung zwischen den Lebenden und den Toten ist.

Selbst die sture Tabitha, leicht verunsichert von den Ereignissen der Nacht, war jetzt nicht mehr frei von bestimmten Befürchtungen und dachte, dass ihre Schwester vielleicht recht haben könnte.

Mit dem hellen Morgenlicht schwand die Furcht bei den Zurückgebliebenen. Die Sonne stahl sich durch das Fenster herein, und als sie das arme, gezeichnete Gesicht auf dem Kissen sah, berührte sie es mit ihren Strahlen, dass man nur noch dessen Güte und Schwäche sehen konnte. Die Betrachter wunderten sich, dass sie jemals Furcht empfunden hatten, vor jemandem, der so ruhig und friedlich da lag.

Ein Tag oder zwei vergingen und der Körper wurde in einen massiven Sarg gelegt, den man noch lange Zeit danach als das schönste und beste Werk betrachtete, das jemals aus der Werkstatt des örtlichen Schreiners kam.

Ein langsamer und schwermütiger Zug schlängelte sich, von vier Trägern angeführt, feierlich über die Sümpfe zur Familiengruft in der grauen, alten Kirche und alles, was von Ursula übrig war, wurde zwischen den Vater und die Mutter gelegt, die diese gleiche Reise vor dreißig Jahren angetreten hatten.

Eunice erschien dieser Tag seltsam und feierlich zugleich, als sich alle mit langsamen und schweren Schritten wieder nach Hause quälten.

Der kontrastlose Anblick des flachen Sumpfes erschien wilder und einsamer als gewöhnlich, und das Rauschen des Meeres war beklemmender als je zuvor.

Tabitha jedoch, beachtete dies alles nicht. Der größte Teil des Vermögens der toten Frau wurde ihrer Schwester Eunice überlassen.

Ihre habgierige Seele war deshalb zutiefst beunruhigt, sodass ihre schwesterlichen Gefühle des Bedauerns für die Verstorbene in einen ernsthaften Konflikt geraten waren.

»Was machst du jetzt mit dem ganzen Geld, Eunice?«, fragte sie, als sie still beim Tee zusammensaßen.

»Ich lasse alles, wie es ist«, sagte Eunice bedächtig. »Wir haben beide genug, um zu leben und ich werde die Einnahmen daraus für die Unterstützung einiger Betten im Kinderkrankenhaus verwenden.«

»Wenn Ursula gewünscht hätte, dass es an ein Krankenhaus geht«, sagte Tabitha mit tiefer Stimme, »hätte sie das Geld selbst dort hingeben können. Ich bin erstaunt, dass du ihre Wünsche nicht etwas mehr respektierst.«

»Was könnte ich sonst damit tun?«, wollte Eunice wissen.

»Dann behalte es«, sagte die andere mit glänzenden Augen, »behalte es.«

Eunice schüttelte ihren Kopf.

»Nein«, sagte sie, »es soll den kranken Kindern zugutekommen. Das Kapital selbst werde ich nicht anrühren, und wenn ich vor dir sterbe, soll es deins sein, und du kannst damit machen, was du willst.«

»Na gut«, sagte Tabitha, die ihren Ärger mit einiger Anstrengung herunterschlucken musste.

»Ich glaube nicht, dass es das ist, was du damit im Sinne von Ursula tun solltest«, fuhr sie fort, »und ich glaube nicht, dass sie ruhig in ihrem Grab ruht, während du das Geld verschwendest, dass sie so sorgsam aufbewahrt hatte.«

»Was meinst du damit?«, fragte Eunice mit bleichen Lippen. »Du versuchst, mir Angst zu machen. Ich dachte, dass du nicht an solche Dinge glaubst.«

Tabitha gab keine Antwort. Um dem gespannten und fragenden Blick ihrer Schwester zu entgehen, zog sie den Stuhl näher ans Feuer, faltete ihre hageren Arme übereinander und machte ein Nickerchen.

Für eine Zeit lang ging das Leben im Hause ruhig weiter.

Das Zimmer der verstorbenen Frau wurde, in Übereinstimmung mit ihrem letzten Wunsch, fest verschlossen gehalten, sodass sehr bald seine schmutzigen Fenster in einen seltsamen Kontrast zu der pedantischen Sauberkeit der anderen standen.

Tabitha, die nie sehr gesprächig war, wurde noch wortkarger als zuvor und stolzierte durch das Haus und den vernachlässigten Garten, wie ein unruhiger Geist. In ihre Stirn hatten sich tiefe Falten gegraben, die sehr viel Nachdenken vermuten ließen.

Als der Winter gekommen war, der lange, dunkle Abende mit sich brauchte, wurde das alte Haus immer einsamer und eine mysteriöse und grauenhafte Stimmung schien über allem zu schweben, die sich in die leeren Zimmer und dunklen Korridore ausbreitete.

Die tiefe Stille der Nacht wurde immer wieder durch seltsame Geräusche unterbrochen, für die weder der Wind, noch die Ratten verantwortlich waren.

Die alte Hausmagd Martha, die in ihrer entfernten Küche saß, hörte seltsame Klänge auf der Treppe. Einmal, also sie losrannte, um herauszufinden, was es war, glaubte sie eine dunkle Gestalt gesehen zu haben, die auf dem Treppenabsatz kauerte, obwohl man bei der daraufhin folgenden Suche mit dem Kerzenlicht nichts entdecken konnte.

Eunice wurde immer wieder durch mehrere, unerklärliche Ereignisse aufgeschreckt. Da sie an einem Herzleiden litt, machte sie dies alles noch kränklicher.

Sogar Tabitha bestätigte eine Merkwürdigkeit im Haus, aber im Vertrauen auf ihr Frömmigkeit und Tugend, schenkte sie dem keine Beachtung, zumal ihre Sinne voll in einer anderen Richtung in Anspruch genommen wurden.

Seit dem Tod ihrer Schwester hatte sie ihr Verhalten stark verändert. Sie beugte sich den strengen und harten Regeln, die der Geiz seinen Anhängern auferlegt. Ihre Ausgaben für den Haushalt wurden rigoros von denen ihrer Schwester Eunice getrennt und ihre Nahrung beschränkte sich auf die kargsten Gerichte. Was die Kleidung anbelangte, war die alte Hausmagd weit besser angezogen, als sie.

Diese grobe, hartherzige Frau saß alleine in ihrem Schlafzimmer und betrachtete ihre Besitztümer. Sie missbilligte sogar die Verschwendung von Kerzenstummeln, die sie überall zusammensuchte. Ihre Eigenheiten hatten einen völlig anderen Menschen aus ihr gemacht, sodass sowohl Eunice, als auch Martha, Angst vor ihr bekamen und Nacht für Nacht wach in ihren Betten lagen und vor dem ständigen Klimpern der Münzen, bei ihrer unseligen Wache, zitterten.

Eines Tages wagte es Eunice, aufzubegehren. »Warum bringst du dein Geld nicht zur Bank, Tabitha?«, sagte sie. »Es ist gewiss nicht sicher, solch große Summen in so einem einsamen Haus aufzubewahren.«

»Große Summen!«, wiederholte die verärgerte Tabitha, »große Summen! Was ist das denn für ein Unsinn? Du weißt sehr wohl, dass ich kaum genug habe, mich durchzubringen.«

»Es ist eine große Versuchung für Einbrecher«, sagte ihre Schwester, aber ohne großen Nachdruck. »Außerdem bin ich mir sicher, dass ich letzte Nacht jemanden im Haus gehört habe.«

»Hast du das wirklich?«, sagte Tabitha, die sie am Arm griff, mit einem erschreckten Ausdruck auf ihrem Gesicht. »Ich habe auch etwas gehört. Ich dachte, sie wären in das Zimmer von Ursula gegangen. Ich bin ich aus dem Bett gestiegen und auf die Treppe raus, um zu lauschen.«

»Und was dann?«, sagte Eunice schwach, beeindruckt von dem Ausdruck auf dem Gesicht ihrer Schwester.

»Da war etwas«, sagte Tabitha mit bedächtiger Stimme. »Ich schwöre es, da ich auf dem Treppenabsatz vor ihrer Tür stand und lauschte. Etwas kreiste auf dem Fußboden im Zimmer herum. Zuerst dachte ich, dass es die Katze wäre, aber als ich heute Morgen aufgestanden bin, war die Zimmertür immer noch verschlossen und die Katze war in der Küche.«

»Oh, lass uns dieses schreckliche Haus verlassen«, stöhnte Eunice.

»Was!«, sagte ihre Schwester grimmig, »hast du Angst vor der armen Ursula? Warum solltest du? Es ist deine eigene Schwester, die dich aufgezogen hat, als du ein Baby warst und die vielleicht sogar jetzt kommt, um über deinen Schlaf zu wachen?«

»Oh!«, sagte Eunice und presste ihre Hand an die Hüfte. »Wenn ich sie zu sehen bekäme, würde ich sterben. Ich würde denken, dass sie für mich gekommen ist, wie sie es angekündigt hat. Oh Gott! Hab Erbarmen mit mir, ich sterbe!«

Sie taumelte, als sie sprach und noch bevor Tabitha sie auffangen konnte, sank sie bewusstlos zu Boden.

»Hol etwas Wasser«, schrie Tabitha, als die alte Martha die Treppe heraufgerannt kam, »Eunice ist ohnmächtig geworden.«

Die alte Frau, die sie ängstlich anschaute, ging fort und kam kurz danach mit dem Wasser zurück, mit dessen Hilfe es ihr gelang, die über alles geliebte Herrin wieder zu Bewusstsein zu bringen.

Sofort, nachdem dies erledigt war, stolzierte Tabitha in ihr Zimmer und ließ ihre Schwester und Martha ziemlich trostlos in dem kleinen Salon zurück, wo sie das Feuer betrachteten und sich im Flüsterton unterhielten.

Für die alte Hausmagd war klar, dass dieser Zustand der Dinge nicht länger andauern konnte und sie forderte ihre Herrin immer wieder auf, das Haus zu verlassen, in dem es so einsam und mysteriös war.

Zu ihrer großen Zufriedenheit stimmte Eunice schließlich zu, trotz des erbitterten Widerstands ihrer Schwester. Schon der Gedanke an den Wegzug führte zu einer erheblichen Verbesserung ihrer Gesundheit und Stimmung.

Ein kleines, aber komfortables Haus, wurde in Morville angemietet und Vorkehrungen getroffen, für einen schnellen Wechsel.

Es passierte in der letzten Nacht im alten Haus, als es schien, dass alle wilden Geister des Sumpfes, der Wind und die See sich zusammengetan hatten, für ein gewaltiges Unterfangen.

Als der Wind nachließ, was in kurzen Unterbrechungen geschah, konnte man das Meer am entfernten Strand rauschen hören, seltsam vermischt, mit den einsamen Warnungen der Glockenboje, als sie gegen die Wellen geschlagen wurde.

Dann frischte der Wind wieder auf und die Geräusche der See verstummten in den heftigen Windböen, die auf kein Hindernis in den offenen Sümpfen trafen und mit voller Wucht zu dem Haus am Bach hereinkamen.

Die seltsamen Geräusche der Luft kreischten in den Schornsteinen, die Fenster klapperten, Türen schlugen zu, und selbst die ganzen Vorhänge schienen zu leben und sich zu bewegen.

Eunice lag wach im Bett. Ein kleines Nachtlicht in einem Ölschälchen warf einen blassen Schimmer auf die wurmzerfressenen Möbel und verzerrte selbst die harmlosesten Gegenstände in geisterhafte Schatten.

Ein plötzlicher, starker Windstoß beraubte sie fast der Sicherheit durch dieses schwache Licht, und sie lag ängstlich da und lauschte dem Knarren und anderen Geräuschen der Treppe.

Sie bereute jetzt bitterlich, dass sie Martha nicht gefragt hatte, bei ihr zu schlafen, aber selbst jetzt war es nicht noch nicht zu spät dazu.

Sie glitt hastig runter auf den Fußboden, ging rüber zum riesigen Kleiderschrank und war gerade dabei, ihren Morgenmantel vom Aufhänger zu nehmen, als man unmissverständliche Fußschritte auf den Treppenstufen hören konnte. Der Mantel fiel ihr aus den zitternden Fingern und mit einem schnell schlagenden Herzen, erreichte sie wieder ihr Bett.

Das Geräusch verschwand und es folgte eine tiefe Stille, die sie selbst nicht brechen konnte, obwohl sie sich sehr bemühte.

Ein heftiger Windstoß erschütterte die Fenster und löschte fast das Licht. Als die Flamme wieder ihre gewöhnliche Gleichmäßigkeit hatte, sah sie, dass sich die Tür langsam öffnete, während ein riesiger Schatten einer Hand sich auf der Papiertapete abzeichnete.

Ihre Zunge verweigerte immer noch ihre Funktion. Die Tür flog mit einem Krachen auf, eine verhüllte Gestalt trat ein. Sie warf ihre Umhänge zur Seite und zu ihrem Schrecken, den man nicht mit Worten beschreiben kann, sah sie das von einem Schweißtuch verhüllte Gesicht der toten Ursula, die sie furchterregend anlächelte.

In äußerster Not erhob sie Hilfe suchend ihre schwachen Augen und dann, als die Gestalt geräuschlos weiterging und ihre kalte Hand auf ihre Stirn legte, verließ die Seele von Eunice Mallow ihren Körper und ein wilder Schrei ging davon in die Ewigkeit.

Martha, die von den Geräuschen aufgeschreckt wurde und vor Furcht schlotterte, eilte zur Tür und schaute mit Schrecken auf die Gestalt, die sich über die Seite des Betts beugte. Während sie hinsah, entfernte diese ihre Haube und das Tuch und entblößte das grausame Gesicht von Tabitha, so seltsam verzerrt, zwischen Furcht und Triumph, dass sie es fast kaum wiedererkannt hätte.

»Wer ist da?«, schrie Tabitha in einer grässlichen Stimme, als sie den Schatten der alten Frau an der Wand sah.

»Ich dachte, ich hätte einen Schrei gehört«, sagte Martha und trat ein. »Hat irgendjemand gerufen?«

»Ja, Eunice«, sagte die andere und betrachtete sie genau. »Auch ich habe den Schrei gehört und bin zu ihr geeilt. Was macht sie nur so sonderbar? Ist sie in Trance?«

»Ja«, sagte die alte Frau, die vor dem Bett auf die Knie fiel und bitterlich weinte, »sie ist im Trancezustand des Todes. Ach mein liebes, mein armes, einsames Mädchen, das es so enden musste!«

»Sie ist aus Furcht gestorben«, sagte die alte Frau und zeigte auf die Augen, die noch immer den erschreckten Ausdruck hatten. »Sie muss etwas Teuflisches gesehen haben.«

»Tabithas starrer Blick veränderte sich. »Sie hatte immer Probleme mit dem Herz«, stammelte sie, »die Nacht hat ihr Angst gemacht, und sie hat auch mir Angst gemacht.«

Sie stand aufrecht am Fuß des Betts, als Martha die Decke über das Gesicht der toten Frau zog.«

»Erst Ursula, dann Eunice«, sagte Tabitha und holte tief Luft. »Ich kann nicht hier im Zimmer bleiben. Ich ziehe mich an und warte auf den Morgen.«

Während sie sprach, verließ sie das Zimmer und ging mit gebeugtem Haupt in ihr eigenes.

Martha blieb an der Seite des Betts. Sie schloss sanft die starren Augen von Eunice und betete lange und ernsthaft für die fortgegangene Seele.

Überwältigt von Kummer und Furcht, blieb sie mit gebeugtem Kopf sitzen, bis ein plötzlicher, scharfer Schrei von Tabitha sie wieder auf die Füße brachte.

»Was ist jetzt?«, sagte die alte Frau und ging zur Tür.

»Wo bist du?«, schrie Tabitha, die sich wieder etwas beruhigt hatte, nachdem sie die Stimme von Martha gehört hatte.

»Im Schlafzimmer von Miss Eunice«, antwortete Matha, »wünschen Sie etwas?«

»Komm sofort herunter. Schnell! Ich fühle mich nicht wohl«, schrie Tabitha.

Ihre Stimme erhob sich ganz plötzlich zu einem Schrei:

»Schnell! Um Himmels willen! Schnell, oder ich werde verrückt! Da ist eine fremde Frau im Haus!«

Die alte Frau stolperte hastig die dunklen Treppenstufen hinunter. »Was ist los?«, rief sie, als sie in das Zimmer kam. »Wer ist es? Was meinen Sie?«

»Ich habe sie gesehen«, sagte Tabitha und klammerte sich krampfhaft an ihre Schulter. »Ich war gerade auf dem Weg zu dir, als ich die Gestalt einer Frau vor mir sah, wie sie die Stufen hochging. Ist es – kann es – Ursula gewesen sein, die für die Seele von Eunices kam, genau, wie sie sagte, dass sie es tun würde?«

»Ich glaube eher, für Ihre«, sagte Martha, deren Worte in einer seltsamen Weise herauskamen, die sie nicht beeinflussen konnte.

Tabitha, die jetzt einen schauderhaften Eindruck machte, fiel an ihrer Seite auf die Knie und klammerte sich, vor Angst zitternd, an ihre Kleider. »Mach die Lampen an«, schrie sie hysterisch. »Zünde ein Feuer an, mach Lärm; oh, diese grauenhafte Dunkelheit! Wird es jemals wieder Tag werden!«

»Bald, bald«, sagte Martha, die ihre Ablehnung überwand und versuchte, sie zu beruhigen. »Wenn erst der Tag gekommen ist, werden Sie über diese Ängste lachen.«

»Ich habe sie umgebracht«, kreischte die unglückliche Frau. »Ich habe ihr Furcht eingeflößt und sie dadurch getötet. Warum hat sie mir nicht das Geld gegeben? Sie hatte dafür doch keine Verwendung.«

»Ah! Schau dort!«, rief Tabitha aus.

Martha, völlig verschreckt, folgte ihrem Blick zur Tür, konnte aber nichts entdecken.

»Es ist Ursula«, presste Tabitha zwischen ihren Zähnen heraus.

»Halt sie zurück! Halt sie zurück!«

Die alte Frau fühlte plötzlich, aufgrund einer ihr fremden Sinneskraft, die Anwesenheit einer dritten Person im Zimmer. Sie trat einen Schritt vor und stand vor Tabitha.

Diese bewegte jetzt hektisch ihre Arme, so, als wolle sie sich von einer Hand befreien, die nach ihr griff. Sie richtete sich noch halb auf und fiel dann, ohne ein weiteres Wort, tot vor sie hin.

Hier verließ der Mut die alte Frau, und sie rannte sie mit einem großen Schrei aus dem Zimmer, bestrebt, aus diesem Haus des Todes und der Mysterien zu fliehen.

Die Riegel der großen Tür waren vom Alter steif geworden und seltsame Stimmen klangen in ihren Ohren, als sie mit wilden Bewegungen versuchte, sie zu öffnen. Alles drehte sich in ihrem Gehirn.

Sie dachte, dass die Toten sie von ihren entfernten Orten riefen und der Teufel lachend auf den Stufen vor dem Haus stand und die Tür vor ihr zudrückte.

Dann, mit einer gewaltigen Anstrengung, konnte sie die Riegel schließlich aufreißen und ohne sich darum zu kümmern, dass sie nur im Nachthemd war, verschwand sie in der bitterkalten Nacht.

Die Pfade über die Sümpfe waren in der Dunkelheit nicht zu erkennen. Die Planken über den Gräben waren rutschig und eng, aber sie konnte sie dennoch sicher überqueren, bis schließlich ihre Füße bluteten und ihr Atmen in ein großes Keuchen überging.

Sie erreichte das Dorf und sank nieder vor den Stufen einer Hütte, mehr tot als lebendig.

DIE AFFENPFOTE

Die Affenpfote

I.

Draußen war die Nacht kalt und nass, aber in dem kleinen Salon, in der Villa Laburnam, waren schon die Jalousien heruntergezogen und im Kamin brannte ein prächtiges Feuer.

Vater und Sohn spielten Schach. Ersterer machte dabei immer wieder sehr radikale Züge und brachte dabei seinen König in solch drastische und unnötige Gefahrensituationen, dass dies sogar Kommentare von der weißhaarigen Dame provozierte, die am Kamin saß und strickte.

»Hörst du den Wind?«, sagte Mr. White, der gerade sah – nachdem es schon zu spät war – dass er einen fatalen Fehler gemacht hatte. Nun war er bemüht, dass sein Sohn es nicht entdecken würde, und machte daher einige ablenkende Bemerkungen.

»Ich höre ihn«, sagte Letzterer. Dabei betrachtete er mit ernsthafter Miene das Brett, als er seine Hand ausstreckte: »Schach!«

»Ich glaube kaum, dass er heute Nacht kommt«, sagte sein Vater, dessen Hand über dem Brett schwebte.

»Ich meine Schach Matt!«, antwortete sein Sohn.

»Das ist das Schlimmste daran, wenn man so weit draußen wohnt«, wetterte Mr. White, mit plötzlicher und nicht gekannter Heftigkeit.

»Von all den grässlichen, matschigen und abgelegensten Gegenden, wo man wohnen kann, ist dies die schlimmste.«

»Der Pfad ist ein Sumpf und die Straße ist ein Sturzbach. Ich weiß nicht, was die Leute darüber denken. Ich vermute aber, dass sie glauben, das würde sowieso keine Rolle spielen, da ohnehin nur zwei Häuser in der Straße vermietet sind.«

»Mach dir nichts draus, mein Lieber«, sagte seine Frau beschwichtigend aus dem Hintergrund, »vielleicht gewinnst du ja das nächste Spiel.«

Mr. White schaute plötzlich nach oben, gerade rechtzeitig, um einen vielsagenden Blickwechsel zwischen Mutter und Sohn abzufangen.

Die Worte starben auf seinen Lippen und er verbarg ein schuldbewusstes Lächeln in seinem grauen Bart.

»Da ist er«, sagte Herbert White, sein Sohn, als man das Tor laut schlagen hören konnte, zusammen mit schweren Schritten, die sich der Haustür näherten.

Der alte Mann erhob sich mit gastlicher Hast. Als er die Tür öffnete, konnte man aufschnappen, wie er dem Neuankömmling gegenüber eine Entschuldigung aussprach. Der Gast sagte ebenfalls etwas von einem Bedauern, sodass sich Mrs. White veranlasst sah, sich zu räuspern und leicht zu husten.

Ihr Mann betrat den Raum, gefolgt von einem großen, kräftigen Mann, mit runden und glänzenden Augen und einem rötlichen Gesicht.

»Hauptfeldwebel Morris«, sagte er, als er ihn vorstellte.

Der Hauptfeldwebel schüttelte allen die Hände und setzte sich in den ihm angebotenen Stuhl am Kaminfeuer. Zufrieden betrachtete er seinen Gastgeber, wie er den Whisky und die Gläser herausnahm und einen kleinen Kupferkessel auf das Feuer stellte.

Beim dritten Glas wurden seine Augen lebhafter und er begann zu sprechen.

Die kleine Familienrunde betrachtete diesen Besucher, der von weit hergekommen war, mit eifrigem Interesse. Er drückte seine breiten Schultern in den Sessel und erzählte von wilden Momenten und beherzten Taten, von Krieg und Seuchen und fremden Menschen.

»Einundzwanzig Jahre ist es nun schon her«, sagte Mr. White und nickte dabei seiner Frau und seinem Sohn zu.

»Als er wegging, war er ein schmächtiger Jüngling, der im Lagerhaus gearbeitet hat. Schaut ihn euch jetzt einmal an!«

»Er sieht nicht so aus, als hätte er großen Schaden genommen«, sagte Mrs. White höflich.

»Ich würde selbst gern einmal nach Indien gehen«, sagte der alte Mann, »nur um mich ein wenig umzusehen, wisst ihr.«

»Es ist hier besser, wo ihr seid«, sagte der Hauptfeldwebel und schüttelte dabei seinen Kopf. Er stellte sein Glas ab, seufzte leicht und schwenkte es dann wieder.

»Ich würde gern diese alten Tempel sehen und die Fakire und die Gaukler«, fuhr Mr. White fort.

Dann wechselte er das Thema: »Was war das, was Du mir neulich über eine Affenpfote – oder was auch immer – erzählen wolltest, Morris?«

»Nichts«, sagte der Soldat hastig. »Zumindest nichts, was sich lohnen würde, anzuhören.«

»Affenpfote?«, sagte Mrs. White neugierig.

»Nun, es ist etwas, was ihr vielleicht als Magie bezeichnen könntet«, sagte der Hauptfeldwebel spontan.

Seine drei Zuhörer lehnten sich beflissen nach vorne. Der Besucher, etwas geistesabwesend, führte das leere Glas an seine Lippen und stellte es dann wieder ab. Sein Gastgeber füllte es wieder.

»Wenn man sie anschaut«, sagte der Hauptfeldwebel und suchte in seiner Tasche herum, »ist sie eigentlich nur eine kleine Pfote, die geschrumpft und mumifiziert wurde.«

Er nahm etwas aus seiner Tasche heraus und zeigte es herum. Mrs. White schreckte mit einer Grimasse zurück, aber ihr Sohn Herbert nahm die Pfote und untersuchte sie neugierig.

Mr. White nahm sie an sich, und nachdem er sie untersucht hatte, legte er sie auf den Tisch. »Und was ist nun das Besondere daran?«, fragte er.

»Sie wurde von einem alten Fakir mit einem Zauber versehen«, sagte der Hauptfeldwebel, »ein sehr heiliger Mann. Er wollte zeigen, dass nur das Schicksal die Menschen beherrscht und dass diejenigen, die damit in Konflikt geraten, dies zu ihrem Unglück tun.«

»Er hat sie mit diesem Zauber versehen, damit sich drei verschiedene Menschen jeweils drei verschiedene Wünsche erfüllen können.«

Sein Auftreten was so eindrucksvoll, dass seine Zuhörer sich sofort bewusst waren, dass ihre leisen Lacher etwas im Missklang dazu standen.

»Nun, warum holen Sie sich die drei Wünsche nicht ab, Sir«, war die listige Frage von Herbert White.

Der Soldat sah ihn an, so wie es die Älteren tun, wenn sie überhebliche Jugendliche betrachten.

»Das habe ich bereits«, sagte er in einem leisen Ton und sein fleckiges Gesicht erbleichte.

»Und wurden Ihnen diese drei Wünsche dann wirklich erfüllt?«, fragte Mrs. White.

»Ja, das wurden sie«, sagte der Hauptfeldwebel, und sein Glas schlug versehentlich gegen seine festen Zähne.

»Und hat sich sonst noch jemand etwas gewünscht?«, insistierte die alte Lady.

»Ja, der erste Mann vor mir hatte auch seine drei Wünsche«, war seine Antwort. »Ich weiß nicht, was die ersten zwei waren, aber der dritte Wunsch von ihm war, zu sterben. Das ist es auch, wie ich zu der Pfote kam.«

Sein Tonfall war so ernst, dass sofort ein großes Schweigen über die Gruppe fiel.

»Wenn du deine drei Wünsche schon hattest, dann hat sie jetzt keinen Wert mehr für dich, Morris«, sagte schließlich der alte Mann. »Wofür behältst du sie dann noch?«

Der Soldat wiegte seinen Kopf hin und her. »Nur eine Laune, vermute ich«, sagte er langsam.

»Ich hatte da mal die Idee sie zu verkaufen, aber ich denke, dass ich das nicht machen werde. Sie hat schon genug Schaden angerichtet. Und außerdem, die Leute kaufen sie ohnehin nicht.«

»Sie denken, dass alles nur ein Märchen ist, und einige von ihnen, die doch etwas davon halten, wollen sie zuerst ausprobieren und mich anschließend bezahlen.«

»Wenn du noch einmal drei Wünsche freihättest,« sagte der alte Mann und betrachtete ihn scharf dabei, »würdest du es machen?«

»Ich weiß es nicht«, sagte der andere, »ich weiß es nicht.«

Er nahm die Pfote, ließ sie zwischen seinem Zeigefinger und Daumen pendeln und warf sie plötzlich zum Feuer hin.

Mr. White, stieß einen schwachen Schrei aus, bückte sich eiligst herunter und holte sie heraus.

»Lass sie brennen«, sagte der Soldat feierlich.

»Wenn du sie nicht mehr willst«, sagte der andere, »dann gib sie mir.«

»Das werde ich nicht tun«, sagte sein Freund hartnäckig. »Ich habe sie ins Feuer geworfen. Wenn du sie behältst, gib mir nicht die Schuld, wenn etwas passiert. «

»Schmeiß sie wieder zurück ins Feuer, wie ein vernünftiger Mann«, empfahl ihm der Hauptfeldwebel.

Der andere schüttelte seinen Kopf und untersuchte seinen neuen Besitz ganz genau. »Wie muss man es anstellen?«, fragte er.

»Halte sie mit deiner rechten Hand hoch und sprich deinen Wunsch laut aus«, sagte der Hauptfeldwebel, »aber ich muss dich vor den Folgen warnen.«

»Das hört sich an wie Tausendundeine Nacht«, sagte Mrs. White, als sie aufstand und ging, um das Abendessen vorzubereiten. »Meinen Sie nicht, ich sollte mir vier Paar Hände wünschen?«

Ihr Mann holte den Talisman wieder aus seiner Tasche und alle drei Familienmitglieder brachen in lautes Gelächter aus, als der Hauptfeldwebel, mit einem beunruhigten Gesicht, seinen Arm ergriff und sagte: »Wenn du dir schon etwas wünscht«, sagte er schroff, »dann wünsch dir etwas Vernünftiges.«

Mr. White steckte die Pfote in seine Tasche, stellte die Stühle zurecht und brachte seinen Freund an den Tisch. Während sie mit dem Essen beschäftigt waren, geriet der Talisman in Vergessenheit. Danach setzten die drei sich hin und lauschten gebannt den Erzählungen von weiteren Abenteuern des Soldaten in Indien.

Als sich die Tür hinter dem Gast geschlossen hatte, gerade rechtzeitig für diesen, um den letzten Zug noch zu kriegen, sagte Herbert: »Wenn die Geschichte über die Affenpfote nicht mehr Wahrheit enthält, als die, von denen er uns gerade erzählt hat, dann werden wir wohl nicht viel damit anfangen können.«

»Vater, hast du ihm etwas dafür gegeben?«, fragte Mrs. White und betrachtete dabei ihren Mann genau.

»Nur eine Kleinigkeit«, sagte er und errötete leicht dabei. »Er wollte es nicht, aber ich brachte ihn dazu, es zu nehmen. Dabei hat er mich nochmals bedrängt, die Pfote ins Feuer zu werfen.«

»Wahrscheinlich hat er das«, sagte Herbert mit vorgespieltem Erschrecken.

»Nun, wir werden reich sein, und berühmt, und glücklich. Wünsch dir, ein Kaiser zu sein, Vater, um mit den Wünschen anzufangen. Dann stehst du nicht mehr unter dem Pantoffel.«

Er schoss um den Tisch herum, verfolgt von der gerade schlecht gemachten Mrs. White, die sich mit einem Sesselschoner bewaffnet hatte.

Mr. White nahm die Pfote wieder aus seiner Tasche und betrachtete sie misstrauisch. »Ich weiß nicht, was ich mir wünschen soll, und das ist eine Tatsache«, sagte er langsam. »Es scheint mir so, dass ich alles habe, was ich brauche.«

»Wenn du finanziell alles klar hättest mit dem Haus, wärst du ziemlich glücklich, wäre es nicht so?«, sagte Herbert mit der Hand auf seiner Schulter. »Also wünsche dir einfach zweihundert Pfund, das würde reichen.«

Sein Vater lächelte verschämt über seine eigene Leichtgläubigkeit und hielt den Talisman hoch.

Sein Sohn setzte sich dazu ans Klavier und schlug einige eindrucksvolle Akkorde an. Der ernste Blick wurde ein wenig verdorben, als er seiner Mutter bedeutungsvoll zuzwinkerte,

»Ich wünsche mir zweihundert Pfund«, sagte der alte Mann mit deutlicher Stimme.

Ein leichtes Krachen im Klavier war gleichzeitig mit diesen Worten zu hören, denen dann ein markerschütternder Aufschrei des alten Mannes folgte.

Seine Frau und sein Sohn rannten zu ihm.

»Sie hat sich bewegt«, schrie er, mit einem Blick, der voller Abscheu auf den Gegenstand gerichtet war, der am Boden lag. »Als ich meinen Wunsch ausgesprochen habe«, sagte er, »hat sich die Pfote in meiner Hand gewunden, wie eine Schlange.«

»Aber, ich sehe das Geld nicht«, sagte sein Sohn, als er sie aufhob und auf den Tisch legte, »und ich wette, das wird auch niemals der Fall sein.«

»Das musst du dir eingebildet haben, Vater«, sagte seine Frau und blickte ihn dabei besorgt an.

Er schüttelte seinen Kopf. »Es ist nichts passiert«, sagte er dann, »aber es hat mir trotzdem einen Schock versetzt.«

Sie hatten wieder am Kaminfeuer Platz genommen, wo die beiden Männer ihre Pfeifen fertig rauchten, und draußen blies der Wind heftiger als zuvor.

Plötzlich schreckte der alte Mann auf, als er den Klang einer schlagenden Tür im oberen Stockwerk vernahm. Dann legte sich eine Stille über die drei, ungewöhnlich und erdrückend, die anhielt, bis sich das alte Ehepaar erhob, um sich zur Nachtruhe zurückzuziehen.

»Ich glaube, ihr werdet das Geld in einem großen Sack finden, der zusammengebunden in eurem Bett liegt«, sagte Herbert, als er ihnen eine Gute Nacht wünschte. »Und irgendein schreckliches Etwas wird auf eurem Kleiderschrank hocken und euch dabei beobachten, wie ihr euren unrechtmäßig erworbene Beute einsteckt.«

Der Sohn saß alleine in der Dunkelheit, blickte auf das schwächer werdende Feuer und begann darin Gesichter zu sehen. Das letzte war so schrecklich und so affenartig, dass er es entsetzt anstarrte. Es erschien so lebensecht, mit einem kleinen, verunsicherten Lachen, dass er auf dem Tisch nach einem Wasserglas tastete, um seinen Inhalt darüber zu gießen.

Seine Hand fand jedoch kein Glas, stattdessen ergriff er die Affenpfote. Mit einem leichten Schaudern wischte er sich seine Hand an der Jacke ab und ging nach oben, um zu Bett zu gehen.

II.

Am nächsten Morgen, im Glanz der winterlichen Sonne, deren Licht sich über den Frühstückstisch ausbreitete, lachte er über seine Ängste.

Eine nüchterne und gesunde Atmosphäre erstrahlte im Raum, wie es sie in der vorausgegangenen Nacht nicht gab. Die dreckige, runzelige kleine Pfote, war auf den Kaminsims geworfen worden, mit einer Sorglosigkeit, welche keinen großen Glauben an ihre Werthaltigkeit vermuten lies.

»Ich denke, dass alle Soldaten gleich sind«, sagte Mrs. White. »Wie konnten wir uns nur so einen Unsinn anhören. Wie sollten denn in diesen Tagen Wünsche erfüllt werden? Und wenn es so wäre, wie könnten dir die zweihundert Pfund dann schaden, Vater?«

»Es könnte vom Himmel herab auf seinen Kopf fallen«, sagte Herbert mit wenig Ernsthaftigkeit.

Sein Vater entgegnete ihm: »Morris sagte mir, dass die Dinge so natürlich passiert sind, dass man versucht sein könnte, es dem Zufall zuzuschreiben, wenn man es wollte.«

»Nun, hoffentlich kommt das Geld nicht zu dir, bevor ich zurückkomme«, sagte Herbert, als er sich vom Tisch erhob. »Ich befürchte, es würde dich in einen fiesen und geizigen Mann verwandeln, und wir müssten es dir wieder wegnehmen.«

Seine Mutter lachte und folgte ihm zur Tür. Sie betrachtete ihn, wie er die Straße hinunterging und nachdem sie wieder am Frühstückstisch war, fand sie großes Vergnügen daran, sich über die Leichtgläubigkeit ihres Mannes lustig zu machen.

Dies alles hielt sie aber nicht davon ab, sofort an die Tür zu hasten, als der Postbote klopfte.

Schließlich konnte sich dann auch nicht mit einer kurzen Bemerkung zurückhalten, bezüglich der Trunksucht pensionierter Hauptfeldwebel, als sie herausfand, dass lediglich eine Schneiderrechnung in der Post war.

»Ich denke, Herbert wird wohl wieder einiges mehr von seinen lustigen Sprüchen zum Besten geben können, wenn er nach Hause kommt«, sagte sie, als sie beim Abendessen saßen.

»Ich behaupte aber«, sagte Mr. White, als er sich ein Bier einschenkte, »dass sich das Ding, trotz allem, in meiner Hand bewegt hat. Darauf schwöre ich.«

»Du hast nur gedacht, dass es das tut«, sagte die alte Lady besänftigend.

»Ich sage, dass es das wirklich getan hat«, erwiderte er. »Das habe ich mir nicht nur eingebildet. Ich habe nur … Was ist los?«

Seine Frau gab keine Antwort. Sie beobachtete die seltsamen Bewegungen eines Mannes, der sich draußen befand und in einer unsicheren Weise auf das Haus starrte.

Nach einer Weile schien es so, als würde er sich dazu entschließen wollen, hereinzukommen.

In einer gedanklichen Verbindung zu den zweihundert Pfund bemerkte sie, dass der Fremde gut gekleidet war und einen Zylinder, in glanzvoller, neuer Modeerscheinung, trug.

Dreimal hielt er vor dem Tor an und lief dann weiter. Beim vierten Mal blieb er stehen und legte seine Hand darauf. Dann, nach einem plötzlichen Entschluss, flog es auf und er ging den Pfad zum Haus hinauf.

Im gleichen Moment nahm Mrs. White ihre Hände auf den Rücken und beeilte sich, die Bänder ihrer Schürze zu lösen und schob dieses nützliche Kleidungsstück unter das Sitzkissen ihres Stuhls.

Sie führte den Fremden, der sich sichtlich unwohl fühlte, ins Zimmer.

Er starrte sie verstohlen an und hörte in einer gedankenverlorenen Weise zu, als die alte Lady sich für die Unordnung im Zimmer entschuldigte und auch für einen Mantel ihres Gatten, der normalerweise für die Gartenarbeit reserviert war.

Dann wartete sie darauf, mit der unsteten Geduld, die ihrem Geschlecht eigen ist, dass er den Grund seines Besuches zur Sprache bringt.

Anfangs blieb er aber in einer seltsamen Weise still.

»Ich – wurde beauftragt, diesen Besuch zu machen«, sagte er schließlich.

Er beugte sich und nahm ein Stück Leinenstoff aus seiner Hose. »Ich komme von 'Maw und Meggins'.«

Die alte Lady zuckte zusammen. »Ist etwas passiert?«, fragte sie völlig außer Atem. »Ist Herbert etwas passiert? Was ist es? Was ist es?«

Ihr Mann unterbrach sie. »Hierher, hierher, Mutter«, sagte er hastig. »Setz dich hin und zieh keine voreiligen Schlüsse. Sie haben keine schlechten Nachrichten zu überbringen, bin ich mir sicher, Sir.«

Er sah den anderen Mann dabei wehmütig an.

»Es tut mir leid …«, begann der Besucher.

»Ist er verletzt?«, fragte die Mutter aufgeregt.

Der Besucher nickte in zustimmender Weise. »Sehr schwer verletzt«, sagte er leise, »aber er hat keine Schmerzen mehr.«

»Oh, Gott sei Dank!«, sagte die alte Frau und faltete die Hände. »Ich danke Gott dafür! Danke…«

Sie hielt plötzlich inne, als ihr der unheimliche und tiefere Sinn seiner Zusicherung bewusst wurde.

In dem abgewandten Gesicht des Besuchers sah sie die schreckliche Bestätigung ihre Ängste.

Sie hielt den Atem an, drehte sich ihrem noch nicht begreifenden Mann zu und legte ihre zitternde, alte Hand auf seine. Es herrschte eine längere Stille.

»Er wurde von einer Maschine erfasst«, sagte der Besucher, ruhig und in einer gedämpften Stimme.

»Von einer Maschine erfasst«, wiederholte Mr. White, in einer verwirrten Weise.

»Ja«

Er saß da und starrte ausdruckslos aus dem Fenster hinaus. Dann nahm er die Hand seiner Frau zwischen seine eigenen und drückte sie, wie er das damals gemacht hatte, während der Tage des Werbens, vor fast vierzig Jahren.

»Er war unser einziges Kind gewesen«, sagte er, indem er sich langsam zu dem Besucher hindrehte. »Es ist sehr hart.«

Die andere Person hustete, erhob sich und ging langsam zum Fenster. »Die Firma hat mich beauftragt, Ihnen für ihren großen Verlust das aufrichtige Mitgefühl auszusprechen«, sagte er, ohne sich dabei umzudrehen. »Ich bitte zu verstehen, dass ich nur ihr Bote bin und lediglich Befehle befolge.«

Es gab keine Antwort; das Gesicht der alten Frau war weiß, ihre Augen starrten ins Leere und ihr Atem war kaum zu hören. Auf dem Gesicht ihres Mannes war ein Ausdruck, den sein Freund, der Feldwebel, bei seinem ersten Militäreinsatz gehabt haben könnte.

»Ich soll Ihnen ausrichten, dass Maw und Meggins jegliche Verantwortung ablehnen. Sie erkennen auch keinerlei Haftung an, aber in Anbetracht der Dienste ihres Sohnes, möchten sie Ihnen eine bestimmte Summe zukommen lassen.«

Mr. White ließ die Hand seiner Frau los, stand auf und schaute mit einem Ausdruck des Schreckens auf seinen Besucher.

Seine trockenen Lippen formten seine Worte:

»Wie viel?«

»Zweihundert Pfund«, war die Antwort.

Mr. White hörte nicht mehr den kreischenden Schrei seiner Frau. Der alte Mann lächelte schwach, streckte seine Hände wie ein Blinder aus und fiel, wie ein besinnungsloser Haufen, auf den Boden.

III.

Auf dem großen, neuen Friedhof, etwa zwei Meilen entfernt, begruben die alten Leute ihren Toten und kamen zu einem Haus zurück, das eingetaucht war, in Schatten und Stille. Es war alles so schnell vorbei gewesen, dass sie es zuerst kaum realisieren konnten und in einem Zustand der Erwartung verblieben, als würde etwas anderes passieren – etwas anderes, dass ihnen diese Last erleichtern könnte, die zu schwer zu ertragen war, für diese alten Herzen.

Aber die Tage vergingen und die Erwartung musste der Resignation Platz machen – der hoffnungslosen Resignation der Alten, die manchmal fälschlich als Apathie bezeichnet wird.

Es gab Momente, wo sie kaum ein Wort miteinander sprachen, da sie auch nichts zu besprechen hatten, und ihre Tage wurden immer länger in ihrer Verdrossenheit.

Es war ungefähr eine Woche später, als der alte Mann in der Nacht aufwachte. Als er seine Hand ausstreckte, stellte er fest, dass er alleine war. Der Raum war in die Dunkelheit gehüllt und ein gedämpftes Geräusch des Weinens kam vom Fenster. Er erhob sich in seinem Bett und lauschte.

»Komm zurück«, sagte er zärtlich. »Du wirst dich erkälten.«

»Für meinen Sohn ist es noch kälter«, sagte die alte Frau und fing wieder an zu weinen.

Langsam erstarb der Klang ihrer Seufzer in seinen Ohren. Sein Bett war warm und seine Augen schwer vor Müdigkeit. Er döste immer wieder vor sich hin und fiel dann in einen tiefen Schlaf, bis seine Frau ihn mit einem wilden Schrei aufschreckte.

»Die Pfote!«, schrie sie wild. »Die Affenpfote!«

Alarmiert sprang er auf. »Wo? Wo ist sie? Was ist los?«

Sie kam ihm stolpernd durch das Zimmer entgegen. »Ich will sie«, sagte sie in ruhigem Ton. »Du hast sie doch nicht vernichtet?«

»Sie ist im Salon, auf dem Kaminsims«, antwortete er mit Erstaunen. »Warum?«

Sie weinte und lachte zugleich, beugte sich herüber und küsste ihn auf die Wange.

»Erst jetzt fällt mir das ein«, sagte sie mit hysterischer Stimme. »Warum habe ich nicht eher daran gedacht? Warum hast du nicht daran gedacht?«

»Woran?«, fragte er.

»An die anderen beiden Wünsche«, sagte sie hastig. »Wir hatten bisher nur einen.«

»War das nicht schon genug?«, wollte er von ihr zu wissen.

»Nein«, schrie sie triumphierend. »Wir wünschen uns noch etwas. Geh runter und hol sie schnell herbei und wünsche dir, dass unser Sohn wieder leben soll.«

Der Mann setzte sich im Bett auf und warf die Decke weg von seinen zitternden Gliedmaßen. »Gütiger Himmel, du bist verrückt«, schrie er entsetzt.

»Hol sie«, keuchte die Frau; »hol sie schnell und wünsche dir…«

»Oh, mein Junge, mein Junge!«

Ihr Mann nahm ein Streichholz und zündete die Kerze an. »Geh zurück ins Bett«, sagte er mit wackliger Stimme. »Ich weiß nicht, wovon du sprichst.«

»Uns wurde der erste Wunsch gewährt«, sagte die alte Frau in fieberhafter Weise, »warum dann nicht auch der zweite?« »Das war nur ein Zufall«, stammelte der alte Mann.

»Geh los und hol sie und wünsche dir das«, schrie die alte Frau, wobei sie vor Aufregung zitterte.

Der alte Mann drehte sich herum, betrachtete sie, und seine Stimme bebte.

»Er ist schon zehn Tage tot und außerdem – ich würde dir das ansonsten gar nicht sagen – könnten wir ihn wohl nur noch an den Resten seiner Kleidung erkennen. Wenn er schon damals ein zu schrecklicher Anblick für dich gewesen war, wie wäre das heute?«

»Hol ihn zurück«, schrie die alte Frau und zog ihn in Richtung der Tür. »Denkst du, ich hätte Angst vor dem Kind, das ich aufgezogen habe?«

Er ging hinunter in der Dunkelheit und tastete sich entlang auf seinem Weg in den Salon und dann zu dem Kaminsims.

Der Talisman befand sich auf seinem Platz. Eine schreckliche Furcht überkam ihn, dass der unausgesprochene Wunsch seinen grausam verstümmelten Sohn herzaubern könnte, bevor er wieder aus dem Zimmer heraus war.

Ihm stockte der Atem, als er herausfand, dass er den Rückweg in Richtung der Tür verloren hatte. Seine Stirn war kalt vor Schweiß, als er sich um den Tisch herumtastete und dann an der Wand entlang, bis er den Weg zum Gang wiederfand, mit dem unheilvollen Ding in der Hand.

Er ging nach oben.

Sogar das Gesicht seiner Frau schien sich verändert zu haben. Es war weiß und voller Erwartung, und, zu seinem Erschrecken, schien es einen unnatürlichen Ausdruck zu haben. Er hatte richtiggehend Angst vor ihr.

»Wünsche es dir!«, schrie sie mit starker Stimme.

»Es ist verrückt und ruchlos«, stammelte er.

»Wünsche es dir!«, wiederholte seine Frau.

Er hielt seine Hand mit der Pfote hoch:

»Ich wünsche mir, dass mein Sohn wieder lebt.«

Der Talisman fiel zu Boden und er betrachtete ihn voller Angst. Dann sank er zitternd in einen Stuhl, während die alte Frau mit fieberndem Blick zum Fenster ging und die Jalousien hochzog.

Er saß da, bis die Kälte durch seinen Körper rann, und schaute hin und wieder auf die Gestalt der alten Frau, die aus dem Fenster starrte, aber nichts passierte.

Die Kerze war heruntergebrannt, bis auf einen kleinen Stummel unterhalb des Randes des Porzellan-Kerzenständers. Ihr Licht warf pulsierende Schatten an Decke und Wände, bis es nach einem besonders heftigen Flackern, größer als die anderen zuvor, erlosch.

Der alte Mann, der nun von einer unaussprechlich großen Erleichterung erfasst wurde, da er glaubte, dass der Talisman versagt hatte, kroch zurück in sein Bett und ein- oder zwei Minuten später kam die alte Frau leise heran und legte sich still und apathisch neben ihn.

Keiner von beiden sagte ein Wort; sie lagen nur still da und lauschten dem Ticken der Uhr. Eine Treppenstufe knarrte und eine piepsende Maus flitzte geräuschvoll durch eine Maueröffnung hindurch. Die Dunkelheit war bedrückend.

Nach einer Weile hatte er wieder Mut gesammelt. Er nahm die Schachtel mit den Streichhölzern, zündete eines an und ging hinunter, um eine neue Kerze zu holen. Am Fuß der Treppe ging das Streichholz aus und er hielt inne, um ein anderes anzuzünden.

Im selben Moment klopfte es an der Haustür, so still und heimlich, dass es erst kaum zu hören war.

Die Streichhölzer fielen ihm aus der Hand und verteilten sich über den Korridor. Er stand bewegungslos da, ohne zu atmen, bis das Klopfen wiederholt wurde. Daraufhin drehte er sich herum, floh hastig zurück in sein Zimmer und schloss die Tür hinter sich.

Ein drittes Klopfen hallte durch das Haus. »Was ist das?«, schrie die alte Frau und fuhr erschreckt hoch.

»Eine Ratte«, sagte der alte Mann mit zittriger Stimme – »eine Ratte. Sie ist eben auf der Treppe an mir vorbeigelaufen.«

Seine Frau setzte sich im Bett auf und lauschte. Zugleich wiederholte sich das laute Klopfen.

»Es ist Herbert!«, kreischte sie. »Es ist Herbert!« Sie rannte zur Schlafzimmertür hin, aber ihr Mann war schneller dort. Er ergriff ihren Arm und hielt sie fest.

»Was hast du vor?«, flüsterte er heiser.

»Es ist mein Junge; es ist Herbert!«, schrie sie jetzt heraus und versuchte sich seinem Griff zu entziehen. »Ich hatte vergessen, dass er zwei Meilen entfernt gelegen hat.«

»Warum hältst du mich fest? Lass mich los. Ich muss die Türe öffnen.«

»Um Gottes Willen!, lass ihn nicht herein«, rief der alte Mann, der heftig zitterte.

»Du hast Angst vor deinem eigenen Sohn«, rief sie und kämpfte gegen seinen Griff. »Lass mich los. Ich komme, Herbert; ich komme.«

Es klopfte wieder und dann noch einmal. Die alte Frau, die sich mit einer plötzlichen Drehung befreien konnte, rannte aus dem Zimmer. Ihr Mann folgte ihr bis zum Treppenabsatz und rief ihr beschwörend hinterher, als sie die Treppe hinunterrannte.

Er hörte, wie die Kette rasselte und der untere Riegel langsam und schwergängig zurückgezogen wurde.

Dann kam die Stimme der alten Frau, angespannt und hechelnd: »Der obere Riegel«, rief sie laut. »Komm runter. Ich kann ihn nicht erreichen.«

Ihr Mann war aber gerade damit beschäftigt, wild auf dem Boden herumzutasten, um die Pfote zu suchen. Wenn er sie nur finden würde, bevor das Ding von da draußen hereinkäme.

Regelrechte Salven von Schlägen an der Tür schickten nun ihr Echo durch das Haus und er hörte das Scharren eines Stuhls, den seine Frau im Gang vor die Tür zog.

Er hörte das Quietschen des Riegels, als er langsam zurückgezogen wurde…

…und in diesem Moment fand er die Affenpfote. Er schnaufte hastig seinen dritten und letzten Wunsch heraus.

Das Klopfen hörte sofort auf, auch wenn dessen schwache Echos noch durch das Haus hallten.

Er hörte, wie der Stuhl zurückgezogen und die Tür geöffnet wurde.

Ein kalter Windzug schoss durch das Haus und ein langer, lauter Klagelaut der Enttäuschung und des Leids gab ihm den Mut, runter an ihre Seite zu rennen und dann hinaus aus der Tür.

Die flackernde Straßenlaterne auf der anderen Seite warf ihr Licht auf eine ruhige und verlassene Straße.